KB071199

인간이란
무엇인가

삶은 고통임에도 인간은 왜 나아가려 하는가

이태식 수필집

청어

인간이란 무엇인가

이태식 지음

발행처·도서출판 **청어**
발행인·이영철
영 업·이동호
홍 보·천성래
기 획·남기환
편 집·방세화
디자인·이수빈 | 김영은
제작부장·공병한
인 쇄·두리터

등 록·1999년 5월 3일
(제321-3210002510011999000063호.)

1판 1쇄 발행·2021년 9월 10일

주소·서울특별시 서초구 남부순환로 365길 8-15 동일빌딩 2층
대표전화·586-0477
팩시밀리·0303-0942-0478

홈페이지·www.chungeobook.com
E-mail·ppi20@hanmail.net
ISBN·979-11-5860-972-6(03810)

인간이란
무엇인가

작가의 말

이 글은 순전히 내 관점으로만 인간을 보고, 인간 하면 떠오르는 그때그때의 내 생각을 이 책에 넣었기 때문에 다른 사람은 그렇게 생각하지 않을 수 있다. 실은 이 책은 남에게 보이기 위해 쓴 게 아니라 내가 어떤 의미에선 지금 어려움을 겪고 있으므로 글을 씀으로써 그것을 극복하고자 했다.

나에게 힘을 주고 속으로 다짐하는 글이다. 인간의 특성이 아니라 나에 대한 개인적인 생각이 더 많이 들어갔다. 어딜 지나다 방금 떠오른 생각을 인간 보편으로 일반화했다고 할 수 있다. "나는 안방에 앉아서도 세상을 알 수 있다"는 건방짐과 "내가 우주이고 우주가 곧 나다"라는 생각을 기반으로 쓰였다고 할 수 있다. 글엔 편견과 뒤틀림이 많다. 나를 포함 인간으로서 실은 죄가 많다고 생각한다. 그것을 반성하고 비판하고자 했다. 그럼에도 이런 건 빼놓지 않은 것 같다. 나를 위한 기도가 모두를 향한 기원으로 전환되었으면 하는.

나는 이 책을 이런 식으로 구성했다. 우선 인간의 본성과 욕망, 심리가 뭔지, 알고 싶었다. 인간의 실상을 펼쳐 보이고 싶었다. 두 번째는 그럼 결국 인간은 무엇을 위해 사나, 최종적으로 바라는 게 뭔가, 삶이 고통인데도 왜 굳이 꾸려가려고 하는지, 궁극에 닿으려고 한 곳이 어디인지 알고자 했다. 그리고 마지막으로 인간 개인에 대해 생각해 보았다. 내가 실은 주인으로 내 삶을 온전히 살아가야 하는데, 그러려면 나를 알고 나를 펴는 게 가장 중요하지 않을까, 그걸 힘주어 말하려고 했다. 그런 게 글 곳곳에서 보일 것이다.

나는 요즘 책에 거의 미친 경우인데, 읽다 보면 퍼뜩 떠오르는 게 있다. 책의 어느 구절이 내 머릿속의 어떤 것과 연결되어 섞임이 일어나는 것. 영감이라 해도 좋다. 평소의 내 생각, 경험, 책에서 퍼뜩 떠오르는 것을 섞어, 거기서 파생된 내 생각을 책에 바로 넣었다. 그러니까 평소에 '인간의 특성'에 대해—관심은 물론 상당해—나름 생각해 왔고, 그래서 그런 책을 한 번 써보고 싶다는 생각을 하며 살다가 마침 읽던 책에서 인간의 특성에 대한 것이 언뜻 떠오르면 그것에 내가 평소 생각했던 인간에 대한 것들과 섞어 이 책에 넣었다고 할 수 있다. 알고 보면 내 개인적인 생각이라 별 것은 없다. 치우친 나만의 생각이 많을 것이고 말투는 생경하고 조잡하기조차 할 것이다. 그러나 나름 솔직하고자 했다.

나는 밝고 활발한 성격이 아니라서 좀 비판적이고 회의적으로 세상을 본다. 그래서 작가의 길로 접어든 것이겠지만(나만 그런가), 하여간 그래도 살아야 하니까 이 글의 행간엔 그나마 희미하지만 전망을 넣으려고 했고-나도 물론 그 빛을 향해 가고 있고-내 다짐을 담으려고 했다.

계속 그늘과 부정적인 것에만 머무르면-안 살 것도 아니니까- 살아가기 힘들고 뭔가 희망의 빛이 아예 사라져 버릴 것 같은 두려움이 작용했다고도 할 수 있다. 나 자신을 위해 희망과 내 미래의 다짐들을 넣었지만, 그러나 아니 그래서 이 글의 독자 중 단 한 분이라도 지금과 앞날에 일말의 도움이 되었으면 더 바랄 게 없겠다.

2021년 가을
나만의 아늑한 골방에서

이태식

02. 바라는 게 뭐야

03. 개인으로서의 나

인간, 결국 이거였어

인간은 인정에 목말라 있다

공치사(功致辭)를 하고 자기가 남에게 해 준 것에 대해 피드백을 받길 바라는 사람들이 있다. 이런 걸 밝힐 것 같은 사람이 있으면 그렇게 해주는 게 좋다. 그렇지 않으면 매정하고 무신경한 사람으로 취급받는다.

그런데 안 그런 척하는 사람도 있다. 자기는 그냥 준 거라고, 자신이 하고 싶어 한 거라고, 대가를 바라고 그런 게 아니라 그냥 주고 싶어 준 것이고 그것에 대한 응분의 대가를 별로 달가워하지 않을 것 같은 사람도 있다. 그렇더라도 받은 것에 대해선 반응을 보이는 게 좋다. 그가 어떤 유형인지 모르기 때문이다. 일단 받았으면 반응하는 게 좋다. 입만 닦고 말면 안 된다. 받았으면 반드시 리액션이 필요하다. 비록 그가 준 것을 까먹고 있었더라도 받은 것에 대한 반응을 보이는 게 좋다. 그러나 젊을 땐 자기가 준 걸 잊을 수도 있다. 그러나 나이든 사람은 서운해 한다. 자꾸 섭섭한 마음이 들면 나이 들었다는 증거라고 하지 않나. 몸의 변화가 마음도 위축되게 하는 것이다.

코로나로 결혼식에 안 와도 좋다고 그렇게 강조했는데도 굳이 오는 사람이 있다. 그런데 그런 사람은 뇌리에서 쉽게 지워지지 않는다. 그 당시엔 모르더라도 한참 지나 그가 문득 생각날 때가 있다. 그는 나를 아주 특별하게 생각했다는 걸 생각했기 때문이다. 하여, 상대방의 뇌리에 박히기를 바라는 사람은 이런 걸 이용해 보면 어떨까. 자기에게 무슨 일생에 특별한 날인데 남이 굳이 그것을 기억해 준 것을 기억에서 지워버리는 건 쉽지 않기 때문이다.

그가 극구 만류한다. 그래서 아무도 안 간다. 보도에 쓰러져 있는 사람을 보고도 누가 하겠지 하는 것과 같다. 아무도 그를 돕지 않아 그는 결국 생명을 잃는다. 그래서 119에선 쓰러진 사람의 응급처치를 할 때 아예 심장박동기 가져올 사람, 119에 전화할 사람을 손가락으로 지적하며 가리키라는 매뉴얼이 있지 않은가. 인간으로 인정받고 주목받으려는 본능이 있어 오지 말라고 했다고 실제 아무도 오지 않으면 서운한 마음이 든다.

그가 극구 만류하는 그곳에, 아무도 안 갈 것 같은 그런 곳에 내가 미친 척하고 가보는 거다. 그러면서도 계산을 한다. 내가 그의 뇌리에 박히게, 그와 왠지 요즘 소원한 것 같은데, 다시 좋게 지내고 싶으면 그의 뇌리에 박힐 짓을 일부러 해야 한다. 그에 대해 나만 생각하고 있다는 것을 보여주면 된다. 대개의 인간관계 개선은 내가 불편할수록 그 상대는 행복하거나 감동받는다.

그는 반드시 혼자 온 나를 기억할 것이다. 그러면 자연히 관계도 개선될 것이다. 자기를 인정(認定)해주고 알아주는 사람을 싫어하는 사람은 아무도 없다.

인간은 누구나 다―알고 보면― '관종'이다. 그건 인간으로 태어나 그렇다. 남에게 늘 관심받길, 인정받길 바란다. 자기는 그렇지 않다고 그런 것에 초연하다고 하지만 계속적으로 인정받지 못하면 상처받는다. 외로워진다. 자기가 더는 인정받지 못하고 더 이상 필요하지도 않다고 느끼는 순간부터 그는 시름시름 앓다가 저세상으로 갈 수도 있다. 필요에 의해 생명이 유지되는 것인지도 모른다. 그걸로 더 버틸 수 있는 것이다.

아우슈비츠 수용소에서도 어떤 필요와 희망을 놓지 않은 사람들이 더 많이 살아남았다 하지 않나. 걱정거리가 생명을 유지시킨다. 걱정하던 아들이 마침내 취직을 하고 결혼하고, 혹독한 겨울이 지나고 따뜻한 봄이 오면 몸과 마음이 풀려 상(喪)을 치르는 사람이 더 많은 것도 그런 이유에서다. 이제 자기의 필요가 없어져서 그런 것이다. 걱정은 자기의 필요가 있기 때문에 생기는 거다. 필요가 사라지면 마음이 편안해진다. 살아갈 이유도 사라진다. 남의 관심이 더 이상 필요 없다. 살 의욕이 없는데 남의 관심이 무슨 대순가. 살아갈 의지가 있는 자는 남의 관심에 목맨다. 그들의 관심이 나를 더 살아가게 하기 때문이다. 살아갈 힘을 얻기 위해 살아갈 자는 남의 관심을 찾아 헤맨다. 그 살아갈 의지로 인간은 또 위기를 요리조리 피하며 현재를 활발하게 움직인다. 걱정이라는 목적이 있기 때문이다. 목적이 없으면 걱정도 고민도 없다. 생기도 없다.

그게 자신에 대한 확신이 없거나 왠지 열등감으로 처져있을 때, 하다못해 말단 부하직원에게라도 상사인 자신이 다른 직원보다 덜 불리면 화가 나고 비참해진다.

인간은 무리에서 남들과 같이 살아왔기에 진화과정에서 유전자에 이런 인정욕구가 박혔다. 이런 것을 인정하고 들어가야 한다. 안 그렇다고 해봐야 소용없다. 본능이고 욕망인데 어쩌랴. 인간의 원죄다.

인정할 건 인정하며 사는 게 편하다. 대신 그 절약된 에너지를 자신이 소중히 여기는 것에 쏟으면 된다. 그는 그 속에서 또한 행복하리.

사랑은 이루어지지 않지만

사랑은 이상(理想)이다. 사랑은 변한다. 사람들이 사랑을 최고로 치는 건 그게 잘 이뤄지지 않지만 깨끗하고 최고로 순수(純粹)하기 때문이다. 나는 순수가 좋다. 아무나 가질 수 없는 것이고 그걸 가지면 힘들지만(그걸 또 본인은 알면서도) 영혼이 맑고 일시적인 가치가 있기 때문이다. 사랑은 거의 완전에 가까운 이상이다. 드라마 같은 데서 보면 현실을 벗어나 사랑을 향해 가는 젊은 연인들을 주변에서 말린다. 현실을 제발 직시하라고 한다. 그들은 그 사랑이 실은 일시적이고 곧 식을 것이라 생각하기 때문이다. 후회하며 살 것이고 사랑을 좇아 현실을 외면하고 사는 삶이 결국 고단할 것이고, 지켜보는 자신도 덩달아 힘들 것을 알기 때문이다. 그래 실생활에선 뜯어말리는 그 주변인이 이긴다. 그런데 현실이 받쳐주는, 서로 맞는 그런 사랑이면 얼마나 좋을까. 그런 사랑이 대부분이다. 왕자와 신데렐라는 현실에선 없고, 왕자와 공주끼리 이어진다. 근데 그런 사랑이 진짜 순수한 사랑일까. 조건부 사랑이 아닐까.

그래도 거의 이룰 수 없는 사랑, 즉 이상, 완전함을 인간은 바라기 때문에 그것에 지지와 성원을 보낸다. 자기도 바라고 원하기 때문이다. 그러나 현실에선 거의 불가능하다. 그러나 잔인하고 냉정하지만 주변 사람들의 말이 대개 맞고 결국 이긴다. 왜냐면 일생에서 사랑은 일시적이지만 현실은 자신의 일생과 함께 하고 늘 붙어 다니기 때문이다.

드라마나 영화에선 사랑이 곧잘 승리한다. 그러나 현실에선 그게 가능한 경우가 거의 없다. 현실에서도 그러면 사람들이 그를 비웃는다. 그리고 사랑만 좇아가는 친구나 자식을 보면 도시락 싸들고 다니며 말린다. "그건 이상이라고… 꿈에 불과하다고…" 실은 이상이고 꿈인 게 맞다. 그럼에도 왜 죽어라 그것의 가치를 주장하는 것일까. 실생활에서 현실을 이긴 사랑을 지킨, 사람이 거의 없음에도. 그건 잘 이루어지지 않으니 희소가치도 있는 것이겠고 현실에선 하지 못하지만 마음으로나 꿈에서라도 이루고 싶은 게 있어 그럴 것이다. 사랑이 없는 자기 현실을 위로받기 위한 것이다. 살림만 하던 주부는 허공을 본다. "아, 진정한 사랑 좀 해봤으면…" 그러고는 대신 드라마를 보며 속을 달랜다.

첫눈에 반한 상대와 꿈에선 사랑을 주고받고 그것을

성취해 사는 게 보인다. 그러고 싶은 것이다. 그걸 꿈이지만 한번 해보고 싶은 것이다. 그러나 현실에선 한때다. 한순간이다. 사랑은 현실에서 곧 사라질 운명이다. 우린 그래도 그러고 싶으니까 그것을 마음으로라도 기리며 그것을 꿈꾸니까 그래야 힘든 현실을 이겨나가니까 그것을 놓지 못하고 계속 추구하는 것이다. 그런 거라도 없으면 이 현실을 견뎌내기 힘드니까. 인간에겐 이런 공상(空想)과 감정이 늘 있다. 그런 게 영화나 드라마로 계속 나와도 흥행하는 이유다. 현실에선 이루진 못해도 그런 공상이나 드라마에서라도 이루어, 대리 만족하고 싶은 것이다.

인간에겐 이 마음이라는 게 있어 골치다. 직진을 못한다. 그냥 현실만으로 살아가지 못한다. 그것만으로 좋지 않고 뭔가 허전하기 때문이다. 이 현실을 벗어난 어떤 공상을 바란다. 인간에게 마음이 있고 그로 인해 감정이 있기 때문이다. 그 공상을 표상화하고 구체화한 게 예술 작품이다.

그러나 사랑은 실은 현실에서 이루어지는 경우는 거의 없다. 그냥 대부분은 정(情)때문에 사는 거다. 현실적으론 정이 더 무섭다. 멀어지면 그 정이란 것도 차츰 사라진다. 안 보면 마음도 멀어진다. 시간이 약이다. 그래도 그 빌어먹을 인간이기 때문에 현실만으론 살아가지 못하므로 사랑을 계속 꿈꾸는 것이다. 인간에겐 이 마음이란 게 있어 그렇다. 현실로는 만족하지 못한다. 채워지지 않는다.

현실에선 사랑으로 버무려진 정으로 살고, 꿈이나 공상에서 지고지순한 사랑을 꿈꾸는 것이다. 그래야 살기 때문이다. 사랑을 버리지 못한다. 꿈이기 때문이다. 인간은 현실과 꿈이 조화를 이루어야 그나마 계속 어려운 현실을 극복한다. 둘 중 하나라도 없으면 제대로 사는 게 아니다. 현실을 밟고, 저 높은 꿈을 향해 간다. 마음에 들지 않는 현실에 발을 담그고 있으면서도 동시에 이루지 못할 꿈을 가슴에 품고 산다. 이게 인간이다.

남자의 불륜

남자는 외롭거나 힘들 때 모성애를 갈망한다. 군대에 가서 유격을 받는 중에 「어머니의 마음」을 부르면 부모 생각, 특히 어머니 생각을 하면서 눈물을 흘린다. 군대에서나 맛보는 이런 경험을 값진 경험이라고도 하는데, 그게 아니라도 언젠가 남자가 힘들거나 자신이 초라하다고 느낄 때 여자나 어머니의 젖무덤을 찾는다.

이게 남자에겐 최종적으로 다다르는 마음의 꿈동산이기 때문이다. 애착 관계가 정상적이고 사랑을 듬뿍 받고 자란 남자는 겁 없이 새로운 외딴곳을 탐험해 간다. 그러면서 짜릿한 흥분과 전율을 느낀다. 왜냐면 돌아갈 곳이 반드시 있기 때문이다. 그 돌아갈 곳이 베이스캠프이고, 어머니의 가슴이며 자기 여자의 의심되지 않는 믿음이다. 그들, 여자들이 자기를 거의 절대적으로 지지한다고 믿고 있기 때문이다. 그런 믿음을 품은 채 남자는 더 멀리까지 헤쳐 나갈 수 있다. 자기 여자가 항상 그곳에 있다고 믿는 남자는 거칠 것이 없다.

갓난아기들이 모르는 곳으로 가서 놀다가 뒤를 돌아

보니 엄마가 여전히 자기를 지켜보며 웃고 있으면 더 안심하고 더 깊숙하고 어두운 곳, 즉 이전엔 가본 적이 없는 곳으로 과감히 나아간다. 그러나 뒤에서 받쳐주는 게 없다고 느끼면 실망하고, 아니 두려워서 더 나아가지 못하고 거기에 주저앉아 울어 버린다. 든든한 후원자가 있으니 그것을 바탕으로 더 과감해지는 것이다.

여자는 항구이고 남자는 배인 것이다. 배를 저어 나아가는 것은 돌아올 항구가 있기 때문이다. 여행도 돌아올 곳이 있기 때문에 언제나 설렌다. 그냥 떠나는 이주는 두려움만 있을 뿐이다. 나를 지켜 줄 그 무엇이 없기 때문이다. 내전으로 아니면 식민지로 나라가 있으나 마나 하면, 바다 한가운데의 난민은 그야말로 절망 그 자체다. 여차하면 돌아갈 항구가 있다는 믿음은 험악한 바다로 향하는 큰 힘이 된다.

돌아갈 날이 오래이면 그만 지쳐 어느 항구에 정박해 다른 여자의 가슴에 얼굴을 비비며 돌아갈 그 항구에 대한 향수를 달랜다. 여자는 남자의 씨를 머금는 밭이다. 꿩 대신 닭인 것이다. 그거라도 있어 다행이고 그래서 다른 항구로 또 항해를 계속하는 것이다. 그건 허약한 항구이고 베이스캠프다. 그렇더라도 그걸 만들어야 한다. 그래야 항해를 계속할 수 있기 때문이다. 충분하지 않더라도 근거지와 중간 기지는 꼭 있어야 한다. 그게 나아가는 버팀목이기 때문이다.

히말라야를 등반하는 것도 튼튼한 베이스캠프가 거기 있다고, 언제든지 귀환해 쉴 곳이 있다고, 그 믿음 때문에 정상까지 정복할 수 있는 것이다. 언제든지 돌아가서 충전한 후 다시 도전할, 그런 희망과 믿음이 있기 때문에 계속 오를 수 있는 것이다. 그게 없다면 도중에 힘이 빠져 빙하와 한 몸이 될 수도 있다.

인간의 일상 파괴의 전제는 이런 든든한 베이스캠프다. 어떤 일이 있어도 나를 배신하지 않고 늘 나를 반갑게 맞아줄 것이 있어야 한다. 없다면 뭐든 만들어 낸다. 인간은 살아가는 데 필요한 자기 합리화의 명수다. 그래야 계속 살아가고 여유까지 얻어 탐험도 할 수 있는 것이다.

나로 치자면 그게 책이다. 그것은 언제나 나를 환영한다. 절대 배신하지 않는다. 그걸 알기 때문에 감히 그걸 믿고 여기서 나도 까불고 있는 것이다. 어떤 베이스도 없는 남자는 까불지 못한다. 남자의 바람과 불륜도 이런 든든한 조강지처 때문에 뜨겁게 불을 지를 수 있는 것이다.

가정이 행복한 남자일수록 따로 뜨거운 관계의 여자

가 또 있을 가능성이 높다. 그런 남자라야 여자에게 더 매력 있다. 아무도 거들떠보지 않는 남자를 누가 탐하고 좋아할까. 임자 없는 물건은 값이 떨어진다. 매력적인 임자가 없는 남자는 헐값이다. 다른 여자의 사랑을 받는 남자를 빼앗고 싶은 여자의 심리도 한몫했을 것이다.

남의 떡이 더 커 보이고, 못 먹는 감 찔러나 보는 것이고, 라이벌의 남자를 자기를 더 사랑하게 만들어 친구를 괴롭히는 몹쓸 심보의 작용일 수도 있다. 남에게 주고 싶지 않은 남자를 건드려 라이벌의 행복을 망가뜨리고 싶은 여자의 이상야릇한 감정의 소산, 자기를 더 사랑하게 만들어 놓고 자기들의 애정행각을 일부러 들켜 괴로워하는 친구의 모습을 즐기는 비뚤어진 심리. 악녀다.

아내가 거의 완벽에 가까울수록 남자는 딴 짓을 하려고 한다. 내연녀는 아내와는 그 분위기가 사뭇 다르다. 주로 두 여자는 상반된다. 안방마님은 요조숙녀지만, 첩은 요부 스타일이다. 첩은 아내의 빈 자리를 채운다. 잘생기고 능력 있는 남자는 안팎으로 두 여자에게서 자기의 부족한 부분을 채운다.

요즘엔 이런 것조차 언급하기 굉장히 조심스러운데 그렇다고 기록적 사실조차 외면할 수는 없다. 기록에 의하면 고대국가에선 돈으로 여자를 샀다. 돈만 생기면 먼저 여자를 찾는 게 남자의 수순이었다.

여자는 믿음이 가는, 마음이 그 남자에게로 기울어져야 비로소 그와 밝히는 관계가 성립되지만 남자는 든든한 베이스를 전제로 한다. 여자는 자기 마음이 기울어진 남자에게 뭐든 주려고 하지만 남자는 이미 든든한 안식처가 있어야 하고 그 안식처와는 다른 색깔의 여자가 있어야 뜨거운 관계가 성립된다. 완벽한 아내, 그것에 비례한 필연적 외도. 그걸 이어주는 게 돈이다.

그 안식처가 없는 남자는 사실 불륜도 아니지만 그 관계가 시들하고 뜨겁지도 않다. 금기 파괴의 맛이 없어서도 그렇지만 일단은 남자에게 베이스가 없어 더 그렇다. 또, 그 사이엔 스릴 있고 뭔가 긴장되고 불안 불안한 그런 것이 존재하지 않는다.

믿어주는 아내는 남자에게 베이스캠프이기 때문에 그것을 토대로 외부 여자 사냥에 더 자신감을 가진다. 가정이 없고 남녀관계에 신뢰가 없는—그래서 행복하지 못한— 남자는, 같은 여자를 만나도 가정 있는 행복한 남자보다 그렇게 뜨겁지도 않고 오래가지도 못한다. 든든한 버팀목이 없기 때문이다. 튼튼한 베이스의 부재가 원인이다. 베이스라는 든든한 기지가 없으면 쭉쭉 멀리 외부로 여자 사냥 하기가 그만큼 더 어렵고 또 시들해진다.

언제 더 불행한가

인간은 현실에서의 자신의 위치를 객관적으로 생각하기보단 주관적으로 생각한다. 자기를 제대로 보지 못한다. 그게 오히려 인생을 살아가는데 나을 수도 있다. 진실을 보지 못하는 거. 바보는 남이 비웃어도 늘 헤헤거리며 랄랄라 하고 잘도 뛰어다닌다. 물론 사람은 자기에 대한 무엇이든 자신을, 남의 눈으로 보지 못하고 자기가 생각하던 것으로 판단하는 잘못을 저지르지만, 자신의 지금 사회적 위치도 그렇게 주관적으로 생각해 버린다.

인간은 바로 자기의 주변을 보며 자기를 평가한다. 멀리 있거나 너무 높아 자기와는 상대가 안 되는 것과는 비교하지 않는다. 자신이 중국집을 하면 옆의 다른 중국집과 비교한다. 자신이 지방대를 나왔으면 서울대 애들하고 비교하지 않고 자신의 수준에 맞게 지방대 애들과 비교한다.

질투도 자신과 처지가 비슷한 것과 비교해서, 자신보다 잘 나가면 그를 질투한다. 국가도 옆의 나라와 비교해서 아무래도 잦은 이해충돌로 감정이 쌓여 그것의 결과로 전쟁을 하게 되고 그렇게 되니 더 감정적으로 되어 경쟁에서 축구든 바둑이든 그게 무엇이든 상대를 눌러 버리려고 한다. 다른 먼 나라와의 경기에서 지는 것보단 이웃 나라와 그래서 전쟁을 자주 치렀던 나라와 지는 것에 더 분개한다. 전에 겪은 수모와 감정 때문이기도 하지만 자신과 레벨이 비슷하다고 생각해 그런 것이다.

객관적으로 진짜 잘 살지 못하는 사람에게 물어도 자기는 중산층에서 조금 못 미치는 층에 속하지 아주 밑바닥 인생은 아니라고 말한다. 몸 파는 여자도 다른 몸 파는 여자와 자기는 다르다고 생각한다. 자기는 임시로 이 일을 하는 것이고 어쩔 수 없이 하는 것이지만 다른 사람은 뭔가 충분한 노력을 하지 않아 그리 된 거라 생각한다. 자신은 그들과 근본적으로 다르다고 생각한다. 그들과 같이 자신을 나란히 세워놓고 제3자 입장에서 보는 게 아니고, 자기 시선으로만 보기 때문에 벌어지는 일이다. 그리고 자기는 곧 여기에서 벗어나-아니 언젠가는 꼭- 중산층 같은 평범한 삶으로 복귀할 거라 확신한다. 그래서 자신만은 그 결이 같은 부류의 다른 사람과 다르다고 믿는다. 자기의 객관적 위치를 남이 보는 시선보다 사회적으로 좀 더 높게 본다. 아마도 현실을 직시하는 것에서 생기는 절망, 자존심 상하는 것, 그래서 더 이상 일어설 수 없게 망가지는 그런 것을 견디지 못할 것 같아 스스로 위로하는 것일 수도 있지만 하여간 자기는 남들이 보는 것처럼 그렇게까지 밑바닥 인생은 아니라고 주장하고 스스로에게도 단단히 일러둔다. 나는 그들과 같지 않다고. 나는 그런 사람들이 아니라고.

자기나 자신의 처지를 그렇게 비관적으로 생각하지 않는다. 그들 나름대로 의미 있게 살고 있고 어느 때는 보람이 있다고까지 말한다. 오히려 자기 주변 모두가 자기처럼 남에게 썩 내세우지 못해, 다 같이 형편이 좋지 않은 것을 위로 삼아 그렇게 생각하는 것 같기도 하다. 주변을 둘러봐도 거의 나와 처지가 비슷하다. 남과 비슷하고, 같이 가난해 배가 아프지 않아 그런대로 살만하다는 것으로 들리는 것 같기도 하다.

인간은 언제 더 불행한가? 자기 집단(자기가 스스로 만든 집단, 아니면 자기 스스로 들어간 집단)에서 자기가 처진다고 생각할 때다. 노숙자나 몸 파는 여자, 폐지 줍는 할머니가 가장 불행하다고 생각하기 쉽지만, 그들에게 물어보면 그렇게 남들이 생각하는 것처럼 힘들거나 불행하다고 말하지 않는다. 나름 보람 있고 그런대로 괜찮다고 말한다. 또 이들이 죽는 이유는 대개 노환이나 고질병 같은 것 때문이지, 상류층에서처럼 자기가 상대보다 못하다고 스스로 비관해 목숨을 끊는, 자살 같은 건 아니다.

행복은 다분히 상대적이고 주관적이다. 오히려 자기 주변이 나보다 잘 나가는 것에 더 못 견뎌 하는 것 같다. 보다 행복해 지려면 이웃들이 비슷해야 한다. 배고픈 것 보다 배 아픈 게 더 참기 힘들고, 그것은 곧 상대적 불행 으로 이어진다.

그럼, 어떻게 해야 하나. 내가 이 정도인 것에 스스로 겸손해하고 만족하며 사는, 자기 성찰이 필요하고, 그런 세상을 만들기 위해 사회는 부의 양극화와 복지 확대에 사활을 걸어야 한다. 지구 위기와 불평등을 키우는 천민 자본주의의 무분별한 팽창과 불로소득을 발본색원해야 한다.

주변 사람과 내가 너무 차이 난다고 생각하는 순간 나 는 불행해진다. 이런 상대적인 격차를 허물어야 한다. 평등에 힘쓰고 정의롭지 않은 불공정에 철퇴를 가해야 한다. 성실하면 잘 살 수 있다는 믿음이 사회에 무르익 어야 한다. 그러나 우리나라는 지금 상대적 차이가 많이 나는 '헬조선'이지만, 티베트는 그 반대다.

먹고사는 문제를 해결한 다음에

『우리의 소원은 전쟁』을 쓴 장강명 같은 유명 소설가들도 먹고사는 문제부터 먼저 해결한 다음, 작가 같은 예술의 길로 접어들라고 조언한다.

그런 것 같다. 자신이 진정 그것을 좋아한다면 공무원 같은 안정된 직장을 다니면서 해도 늦지는 않을 것이다. 언젠가는 그것이 나오게 되어 있으니까, 타고난 그 기질이. 조금 늦더라도 그것으로 결국 돌아갈 거니까. 자기 본래 자리로. 그것을 모르고 지나치면 잘 살지 못하는 것이기도 하고.

그가 진짜라면 그것을 하지 않고는 못 배길 것이기 때문이다. 그렇게 되면 아주 길게—오랜 기간— 쓰게 되어 그 많은 작품 속에서 진주를 얻을 수 있을 거니까. 일단은 글에 천재가 아니니 다산(多産)해야 한다. 그리고 우린 생활에 충실해야 버틸 하찮은 인간이기 때문에. 직장을 다니며 아주 길게 다작(多作)을 하는 것이다. 다작 속에서 수작(秀作)도 나오니까.

그가 진정한 천재라면 미리 그의 작품을 보고 사람들

이 부추기거나 자신은 진짜여서 일찍부터 글에만 매달
릴 것이다. 그것이 그에겐 주어진 운명이다. 글에 천재
적인 기질이 있다면 일찌감치 매달리는 게 좋다. 뭐든
다 그렇다. 소질이 있으면 일찍 시작할수록 좋다. 가난
해도 그는 거기서 벗어날 수 없다. 가난이라는 현실적
고통보다 그것을 하지 못하는 데서 오는 고통이 크기 때
문에 그는 전업 작가의 길로 운명적으로 들어설 수밖에
없다.

　나머진 우선 직장에 충실하고 가짜면 그대로 직장에
묻혀 평범하게 사는 것이고, 그래도 타고난 기질이 있으
면 주머니에서 송곳이 삐져나오듯 글에 매진하게 되는
것이다. 직장에 다니는 그는 글에 재능이 부족하더라도
적어도 그것을 즐기는 사람이다. 그것으로 온갖 근심을
해소한다. 그게 즐겁고 거기서 몰입의 희열을 맛보니까.
그 길은 각자 다르다. 사람들이 비슷한 것 같아도 식성
이 다르듯 모두가 다 다르다.

　인간이니까 먹고사는 문제를 우선적으로 해결해야 한
다. 의식주(衣食住)가 괜히 있는 게 아니다. 인간은 이것
을 해결해야 우선은 인간이다. '입고 먹고 자는 것'에 대
한 치열한 장사는 망하지 않는다고 하잖나. 내가 안정된
직장을 다니지 못했다면 나는 내가 좋아하는 책도 오히

려 멀리했을 것 같다. 그랬다면 내가 책으로 더 늦게 돌아왔을 것 같다. 재능이 없으니까 직장을 때려치우고 전업 작가로 살았다면 분명 그랬을 것이다. 나는 아주 잘 선택한 것이다. 나는 그렇게 본다. 그저 그런 글쟁이는 먼저 먹고사는 문제부터 해결해야 한다. 그걸 무시하면 글도 쓰지 못한다. 토대가 사라져서 그렇다.

아무리 정신이 중요하다고 해도 인간으로 사는 이상, 먹고사는 문제를 간과하면 다 망한다. 천재가 아닌 대부분은 그렇다. 정신은 결국 현실과 몸과 세월의 지배를 받는다. 인간이라는 숙명 때문이다. 우선 이것을 해결한 다음 예술의 길로 들어서야 한다.

예전 같으면 가난이 예술가에게 하나의 훈장이었겠지만 지금 같이 돈만 아는 세상에서 버텨낼 재간이 없다. 서로 비교되기 때문이다. 예전엔 지금처럼 불평등이 심하지 않았다. 나처럼 이웃도 못살았다. 우선 먹고 사는 데 심혈을 기울이고, 그다음에 자신이 좋아하는 것에 뛰어드는 게 자기가 좋아하는 일을 계속할 수 있는 비결이다. 생활의 기본을 해결한 다음에 자아를 실현해야 한다. 천재가 아닌 평범한 사람은 그렇다.

계속 예술에만 매달리는 사람은 존경을 넘어 이젠 신적인 존재가 되었다. 마음으로는 그를 추앙하고 싶다, 아니 있다면 추앙할 것이다. '순수(純粹)'가 사라진 세상

인간이란 무엇인가   31

에서 그는 아직도 순수를 고수하기 때문이다. 뭐 좋은 거 없나 하고, 우르르 몰려다니는 세상에서 혼자의 길을 지키는 것은 쉽지 않다. 독립운동가를 추앙하는 것은 그가 나라를 지켰기 때문이기도 하지만 외롭게 혼자 옳은 험난한 것을 지키려 했고 강자가 약자를 취하는 부정을 용납하지 않은 용기 때문이다. 즉 자기의 신념을 지키기 위해 스스로 고난의 삶을 선택하고 실천한 것에 대한 우리의 보답이다. 나는 내가 쓴 글에서 타고난 자기 역할에 충실하라고 늘 외친다. 고난을 스스로 택한 독립운동가는 자기의 타고난 몫을 충실히 행한 위인(偉人)이다.

나는 사회에서 안 그런 척하며 그냥 맞춰주며 내 이상을 향해 홀로 갈 것이다. 이런 식으로 나는 이상을 실현할 것이다. 그런 방법을 택한 건 나는 천재가 아니라 범재이기 때문이다. 나는 내 길을 아주 잘 골랐다고 생각한다. 나는 나를 너무나 잘 안 것이다.

천재로 글을 쓰다 빨리 죽느냐, 절대 그러지 못하니 안정된 삶과 병행하며 아주 길게 많은 작품을 쓰느냐, 전적으로 자신에게 달렸다. 인생 다 자기 길과 자기 그릇이 있다. 오직 그것에 충실할 뿐.

알지 못하니 계속 파려 한다

　남자는 여자가 자신에겐 절대 없는 신비로움을 갖고 있기 때문에 호기심의 노예가 된다.

　우리는 미지(味知)에 대해 두려움을 갖고 있다. 신대륙 발견도 미지의 세계이기 때문에 그 두려움을 벗어나기 위해 탐험한 결과다. 모르면 불안하다. 불안을 오래 견디지 못한다. 그 불안을 해소하고자 알려고 덤빈다. 미지는 계속 인간을 신경 쓰이게 한다. 불안하기 때문이다. 지금은 미지의 세계가 아니기 때문에 신대륙에 대한 두려움은 사라졌다. 미지의 세계는 두려움과 신비로움을 동시에 갖고 있다. 미지의 세계가 두렵고 신비하기 때문에 탐험 정신도 사라지지 않는다.
　이미 잘 알고 있는 것엔 호기심이 떨어진다. 그것에 대해 알고 그래서 두려움이나 신비감이 사라졌기 때문이다. 미지, 두려움, 불안, 신비감, 관심, 끝없는 탐험은 동의어다.

알지 못하니 파서 두려움을 해소하고자 한다. 뭔가에 대해 익숙하지 않고 모르면 가만히 앉아 당할 것 같으니까 안절부절못하는 것이다. 다 아는 것이면 그렇지 않다. "지금 너만 모르고 있다." 마케팅은 언제나 효과가 크다. 해본 사람은 느긋한데 안 해본 사람은 두렵고 늘 좌불안석이다. 유행도 불안을 먹고 산다. "나만 모를 수 없고, 그 대열에서 나만 낙오될 수는 없는 거야." 인간에겐 이 '나만'은 힘이 세다.

불안의 고통을 해소하기 위해 자꾸 모르는 분야를 파려고 하는 것이다. 달도 그렇고 화성도 모르는 부분을 자꾸 파려 한다. 아직은 모르는 게 너무 많아 계속 그것에 대한 호기심과 신비로움을 버리지 못하는 것이다. 그래서 그것을 참지 못해 알려고 하는 것이다.

인간의 욕망도 미지의 세계 때문에 식지 않을 것 같다. 아니, 그 미지가 사라지만 인간도 같이 멸종할지도 모른다. 모르는 분야가 남아 있고 그것으로 인해 두려움이 여전히 존재하고 그래서 그것을 극복하기 위해 인간은 현재를 흥분과 긴장으로 살아가는 것인지도 모른다. 미지가 인간을 여전히 살게 하는 건 아닐까.

그런데 남녀도 서로 잘 모른다. 모르기 때문에 두렵고 신비하고 탐험하려는 것이다. 정복하면 확실히 흥미가 떨어지지만 그게 전부는 아니니 계속 파려 한다. 알다가도 모르니까. 알아내면 또 모르는 부분이 다시 나타난다. 그러나 상대가 서로 아니기 때문에 알 수 없다. 아는 것에 결국 실패한다. 모르니까 서로 알려고 손을 갖다 댄다. 그 손은 상대를 향해 있다.

모르니까 두렵고 고통스럽고 신비하기 때문에 계속 알려고 한다. 계속 호기심이 동한다. 그 끝은 끝이 없다. 남녀는 같을 수가 없기 때문에 아는 것에 성공하지 못한다. 그래서 끝없이 서로에 대한 호기심과 신비감이 감싼다. 남녀 간의 호기심과 탐험은 질리는 법이 없고 멈추는 법이 없다.

문학작품과 영화에 계속 등장하고 파도 파도 모르기 때문에 그 신비감이 좀체 사라지지 않아 계속 성공을 거둔다. 재탕 삼탕도 언제나 신선하다. 알수록 모르기 때문이다. 아무리 해도 호기심과 무지와 신비감은 언제나 남아 있기 때문이다. 남녀 간의 무지(無知)는 사라지지 않는다.

그러나 너무 다 내주면 안 된다. 의미가 안 좋지만, 남녀 간에 내숭은 언제나 진리다. 상대에게 나를 다 알지 못하게 만들어 호기심과 흥미를 잃지 않게 해야 한다. 그래도 알지 못하겠지만 그래도…

사실 다 준다 해도, 그가 나를 다 아는 것도 아니다. 그는 내가 아니다. 그가 안다고 나에게 이제 그만 질릴 때, 그러라고 해라. 그가 본 것은 그만의 관점이고 내 진실은 아니며 그는 고작 내 지극히 일부만 본 것에 불과하기 때문이다. 차라리 나에게 질려서라도 떨어져 나가는 게 그와 나에게 좋다. 그는 나를 그 정도밖에 볼 수 없는 거였다. 그와 나는 여기까지다. 나를 제대로 알 그 누군가를 위해 나는 나대로 살면 되니까. 영영 없어도 그만이지만.

그러면서 실력(實力)을 쌓아야 한다. 실력은 호기심과 신비감에 많은 기여를 한다. 실력을 쌓으면 상대가 알려고 덤벼도 나는 양파껍질처럼 계속 새롭다. 실력의 아우라와 자기만의 기품과 색깔은 상대를 매료시킨다. 나를 절대 알 수 없다. 까면 깔수록 더 신비롭고 새로운 뭔가가 계속 나타난다. 미지는 사람을 흥분시킨다. 그는 내 신비감의 노예가 된다. 흥미도 절대 사라지지 않는다. 그는 영원히 나를 아는 데 실패한다.

왜 위인들이 한꺼번에 나왔지

예수, 석가(기원전 6세기), 공자(기원전 551년), 소크라테스(기원전 469년) 등 위인들이 왜 한꺼번에 나타났지? 나도 연구자처럼 가설(假設)을 세우고 싶다. 문자(文字)가 원인인가. 그들은 하나같이 자기 글보단 제자들이 그들의 어록을 기록했다는 특징이 있다. 자기가 자기 말을 그대로 문자로 옮기지는 않았다. 그들은 작가가 아니었다. 이건 그들의 특징이다. 따르는 무리들이 어록을 기록해서 그들을 위인으로 만들었다.

그 전엔 왜 위인(偉人)이 없었을까? 아마도 그건 그것을 기록하는 문자가 원인 같다. 문자가 없어서 위인이 나올 수가 없었던 거다. 그럼, 지금은 왜 그만한 인물이 없나? 인류사에 이름을 남기려면 종교를 만들라 했다. 시간이 지나면서 기존의 종교를 만든 자들과 그 어록이 너무 체계적으로 바뀌어—다른 종교와 경쟁하는 과정에서 체계화된 것이다. 그렇지 않으면 지니까— 이젠 다른 종교의 탄생도 점점 힘들어지는 것 같다. 이것도 내 가설이지만. 어렵다. 새로운 종교가 탄생하려고 하면 이단

(異端)이라 배척하고 체계가 잡히기도 전에 체계가 잡힌 기존의 종교가 그걸 짓밟는 전철을 계속 밟는다. 대부분 유일신이기 때문이다.

인류사에 자기 이름을 남기고 사람들이 기리고 그가 주장한 것에 대해 서로 옳으니 그르니 따지며 자기들끼리 전쟁도 불사하는 위인이 되려면 종교를 만들라 했다. 종교는 어찌 보면 불안하고 불완전한 인간이 바닥을 길 때 가장 나중에 최종적인 도착지로 삼는 곳인 것 같다. 목숨을 걸고 자기가 믿는 것을 지킨다. 그게 사라지면 사는 의미가 없으니까. 자신이 지금까진 기댄 것이 무너지면 자기도 무너지니까. 그것을 만든 사람도 지켜내야 해서, 그들을 신격화시킨다. 이단자들이 함부로 건드리지 못하게 튼튼한 권위를 준다(독재자가 쉽게 무너지지 않고 유지되는 것도 자기의 개인 숭배라 했다). 거기에 지금 기댄 사람들이 너무나 많아 무너질 수도 없지만 무너지면 크나큰 재앙이 올 것이다. 이젠 그 많은 사람들이 무엇을 믿고 사나. 너무나 많은 사람이 관여하고 있어 무너지면 아마 인류 전체가 위태로울 것이다.

그런데, 자기가 살아 있는 동안 따른 그를 지켜내는 것이지만, 실은 자기가 옳다 주장하는 것을 다른 사람들도 따르도록 하고 싶은 게 더 작용했을 것 같다. 순교하며 자기 목숨까지 바친 종교를 만들고 지키고 발전시킨 자들이니 추종자들이 얼마나 많겠는가.

그런데 왜 여신(女神)은 사라졌을까. 처음엔 여신이 지배했을 것 같다. 어머니의 가슴 속 같은 게 여신의 상징이다. 원시 사회엔 그랬겠지만, 농경과 산업사회로 접어들며 남자들이 득세하게 된다. 힘이 더 세기 때문이고, 성격이, 모든 걸 파괴하고 자기 식으로 다시 만드는 그런 기질이 있어, 그런 것도 같다. 그 당시엔 완력을 최고로 쳤다. 남자들은 같잖게 서열이 있어 자기만 최고이다. 그러니 타자에게 난폭하다. 자기와 자기를 따르는 자들 이외엔 전부 죽여야 할 놈들이다. 자기를 최고에 올려놓아야 안심이고, 그곳에 서로 오르려고 발버둥 친다. 남자들이 지배하는 세상이 되었으니 슬그머니 여신은 사라지고 남신들만 득세한 것이다.

자기가 따르는 신과 그들의 어록을 문자로 정리해 경전을 만든다. 길이길이 보전한다. 자기를 지키고 남을 지배하기 위해서다. 절대적으로 따르게 만들어 놨다. 아마 그전에도 도시가 만들어지고 나라가 만들어지며 전쟁을 했으니, 그것에 필수인 남자들이 득세했을 것이다. 그러나 아직은 문자가 발명되지 않아 그 남신들을 기록할 게 없었다.

그러다 마땅한 인물들이 나타나고, 아니 문자가 만들어지고 적당한 인물을 만들어 놓고 그들의 어록을 기록했을지도 모른다. 그들은 어쩌면 현재 자기를 세우려는 자들의 허수아비일지도 모른다. 실은 그들을 기리는 게 목적이 아니라 남들이 자기 말을 잘 듣게끔, 그래서 지배하게끔, 그들을 만들어낸 것일 수도 있다. 자기가 아니라 그들의 말이라고 하면 따를 것이고, 자기가 하고 싶은 말을 그들의 어록이라며 기록하는 것이다. 경전이 계속 업데이트된다. 자기를 대변하게끔 윤색된다. 그러니 그들도 기득권층과 지배자들에게 이용당한 것일 수도 있다. 이미 죽어 아무 말도 못하는 사람의 말이나 절대자를 사람들은 맹목적으로 따르는 경향이 있기 때문이다. 죽어 없어진 자는 더 신비롭게 보이고 절대로 따라야 할 것처럼 보인다. 그들 자체와 그들의 말에 거품이 잔뜩 끼어있다. 학교에서 지금은 없는 전설의 싸움꾼이 공중을 날아다니는 것을, 우리는 익히 안다. 소문은 부풀려진다. 그가 이 세상에 존재하지 않으면 그에게 거품이 잔뜩 낀다. 그도 지금의 허풍쟁이들에겐 허수아비밖에 안 되지만.

지금도 그들의 본말대로가 아니라 자기들(추종자들)이 옳다며 다른 종교를 짓밟는다. 다른 종교는 당연히 자기가 따르는 신을 믿지 않는다.

하여간 이런 것을 생각하면 인간들은 역시 자기 위주이고, 본받을 건 쥐뿔도 없고 그저 지금을 욕심에 가득 차서 살려고 한다. 자기 욕심 채우기 위해 자기 세력을 규합하는 게, 살아 있는 동안의 최종 목적인 것 같다. 인간들의 생각이 참으로 졸렬하고 천박하다. 이러니 이런 인간들에게 다른 동식물들이 사는 이 소중한 지구를 맡겨도 될까? 자격이 있을까?

역사는 동네북

    역사는 그것을 기록한 자에 의해 상당 부분 윤색(潤色)되고 각색(脚色)된다. 내가 삐딱한 시각이 있어 그런 면도 있으나, 이 말의 대부분은 사실이다.

    우리는 누구와 트러블이 발생하고 그것을 남에게 전할 때 자기 입장과 처지에서 주로 그 사실을 전한다. 부부싸움에선 양쪽 말을 다 들어봐야 한다는 말도 있다. 여기서 '사실'은 '진실'이 아니다. 전할 때 그 상대에 대한 앙금이 많이 남아 있으면 그 사실은 더 왜곡되고 자기에게만 유리하게 전한다.

    어떤 사건을 정식으로 보도할 때도 그 사건이 일어난 실제 정황이나 디테일까지 그대로 전해지는 게 아니라, 그것을 정리하는 과정에서 가릴 건 가리고 강조할 건 강조한다. 초보 기자가 이것저것 생각 없이 사실을 토대로 글을 올려도 데스크에서 색연필로 난도질한다. 보도지침 같은 것도 있고, 사람에 따른 시각이나 검열, 작금의 정서 같은 게 충분히 반영된 다음에 보도된다. 역사의 기록도 이것의 연장과 다름 아니다.

지금은 또 함부로 말도 못한다. 이 말이 과연 숨어 있는 어떤 약자에게 파장을 줄지 검증을 해봐야 하기 때문이다. 솔직히 말하면 그 대상을 생각하지 않고 말할 수 있는 영역이 자꾸 줄어들고 있다. 하고 싶은 말이 있으면 그것이 사라졌을 때 입맛 다시지 말고 할 수 있는 지금 얼른 퍼부어야 한다. 그리고 또 대개 말 잘하는 사람들을 그 원칙을 아주 잘 지키며 먹고 산다. 기회주의자들이다.

역사의 영웅도 그들이 일상에서 쓴 여성비하 발언, 지금 뒤져보면 수도 없이 나온다. 이것에서 김구도 이순신도, 세종대왕도, 안중근, 모두 피해 가지 못한다. 그때는 문제가 안 되었다가 지금은 심각하다. 아니, 문제인 것 자체를 몰랐다.

지금은 '중년 남자'가 아무렇게나 말해도 될, 별 탈 없는 몇 안 남은 계층이다. 이것도 곧 사라질지 모른다. 그들도 달리 생각하면 약자이기 때문이다. 내가 중년 남자이기 때문에 물론 이런 말을 하고 있는 것이다. 이것도 내 의도와 억울함이 반영된 것이다. 어떤 사실에 대해 그것을 보는 사람의 관점이 반영될 수밖에 없다. 인간은 우선 자기를 중심으로 생각하기 때문이다. 자기 생각을 반영한 말이 튀어나오는 순간, 그것은 이미 편견 덩어리다. 자기 입장을 말했기 때문이다. 자기 생각 자체가 편견이다.

역사에 절대적인 기준이 없다. 있다면 그게 인류 보편적으로 이상으로 생각한 것이 그 당시에 있었다면, 움직이지 않을 수는 있다.

전에 상투를 하는 게 보편적이었지만 지금은 안 그렇다. 지금 상투를 하고 다니면 정상이 아니라서 누구나 쳐다본다. 아주 위대한 영웅이 큰 치적을 쌓았지만, 그 당시에 여자를 마치 종처럼 다룬 게 사실이라면 지금 기준으로는 "글쎄, 여전히 영웅?" 하고 고개가 갸웃거려질 것이다. 일제강점기에 공산주의 운동을 했다면 아마 박정희 시대라면 빨갱이고 지금이라면 그의 치적이 너무 안 다뤄졌다고 생각해 그에 대한 새로운 고찰이 시작될 수도 있다. 일제에 저항했지만 민족주의가 바탕을 이룬 인물이었다면 지금의 다원주의 시대에까지 존경받을 수 있을까? 편협하다고 비난받을 것이다. 만약 지금 세상에 혁명이 일어나, 나라를 붕괴시키는 아나키스트들이 득세하는 시대로 접어들었다면 일제강점기의 아나키스트들을 발굴하여 자기들의 정통성을 그들에게서 찾는 작업을 곧 착수할지도 모른다. 역사는 지금 힘 있는 자들이 다루는 것에 의해 동네북 신세가 된다.

역사는 이처럼 지금의 기준으로 왔다 갔다 한다. 어느

것은 부각되고 어느 것은 지워지기도 한다. 지금 친일파는 어디 가서 고개도 못 든다.

그러나 그 당시에 벌써 여권신장이나 환경, 소수자 존중, 혐오 금지, 다양성의 가치 같은 것을 주장했다면 예지자로 추앙받을지도 모른다. 이것은 아마도 인류가 최종 추구하는 가치이기 때문에 그는 지금 시대가 다른 시대로 바뀐다 해도 그에 대한 평가는 하강하지 않을 것이다. 왜냐면 '인류 보편'을 그때부터 이미 주장했기 때문이다. 지금, 김수영(1921~1968) 시인과 녹색평론 발행인 김종철(1947~2020)이 여기에 가깝다.

나는 지금 여기서 내 것을 주장하고 싶다. 누구에게나 다 움직이지 않는 진리 같은 게 있는데 그건 자기의 타고난 기질을 살리며 살라는, 자아실현(自我實現)이다. 내가 이걸 끝없이 주장하고 있는데, 과연 지금 세력이 다른 것으로 크게 바뀌어도 내 주장을 폄하하는 사람은 많지 않을 것이다. 이것도 거의 흔들리지 않는 인류 보편의 진리에 가깝기 때문이다.

엄연한 사실인데 자기 입맛대로, 자기 시각대로 역사는 주물러지고, 그런 피해를 받지 않으려면 인류가 어떤 상태에 놓여도 궁극적으로 추구하는 가치를 주장하면 후대는 나를 왜곡시키지 못할 것이다.

세력의 변화에 따라 다르게 해석될 수 있는 것을 그 당시의 흐름에 따라 주장해, 출세하고 기회주의로 편하게 살려고 했으니까 후대의 입맛에 맞게 그는 다시 요리되는 것이다. 한 마디로 그를 우습게 보는 것이다. 그러니 어느 시대에나 흔들리지 않는 자기 이상(理想)을 쌓아 꿋꿋하게 나아가야 할 것이다.

독립운동가는 이것 때문에 소홀히 다뤄지는 일은 없을 것이다. 어느 시대든 그들을 우습게 보지 못한다. 강자가 멋대로 약자에 가하는 억압에 '저항(抵抗)'한 이유로. 이건 또 아무나 하는 게 아니기 때문에. 인간 사이에서 지켜져야 할 변하지 않는 가치이기 때문에.

억울한 게 더 오래 간다

얻은 것보다 잃는 것에 더 마음이 가는 게 인간의 특성인 것 같다. 자기가 남에게 당한 것을 더 오래 기억하는 것은 앞으론 당하지 않고 미래에 대비한, 살아남기 위한 인간의 본성에서 비롯된 것인지도 모른다.

나는 옛말 그른 적 없다는 말을 거의 인정하면서도, 이 말은 받아들이기 어렵다. 매 맞은 놈은 발 뻗고 자고 때린 놈은 그렇지 않다는 말. 실제로 때린 놈은 기억조차 못한다. 맞은 놈만 그 트라우마나 굴욕감, 자괴감으로부터 평생을 시달린다. 이 논리는, 인간은 당한 것은 앞으로의 계속적인 생존을 위해 기억이 필요하지만, 남을 부숴버린 것은 그렇지 않아 잘 잊는다. 남에게 가한 것을 잊는 것은 미래의 지속적인 자기 생존엔 지장이 없다고 판단해서일 거다. 생존을 위해 공격보단 방어에 더 치중한다고 할까. 각국이 군사력을 늘리는 것은 적국에 대한 방어라고 항변하는 것을 보면 그렇다. 군대도 처음엔 실제로 공격하기보단 침범 받지 않으려는 시도에서 탄생한 것이리라. 자기방어 즉 방위(防衛)다.

요즘 학폭이니 갑질이니 혐오니 하는 것도, 다 당한 약자만 뼈저리게 느끼는 것을 보여준다. 당하고 상처받은 것은 쉽게 잊지 못한다. 나중엔 참지 못하고 복수를 하기도 한다. 그러나 복수하기 전에 그에게 찾아가 "그때 왜 그랬어?" 물어봐도 기억을 못 하거나 아주 희미하게만 기억한다. 허탈하고 말문이 막힌다. 나는 아주 심각한데 그는 무사태평이고 아주 대수롭지 않게 여긴다. 내 속만 끓는다. 그러니 과연 복수할 가치가 있을까. 그가 뉘우치거나 후회하거나 죄책감을 달고 살거나 이런 게 전혀 없다. 아예 자기의 가해 행동을 기억조차 못 하는데 복수가 무슨 소용인가. 잊기 힘들더라도 차라리 그 힘을 다른 곳으로 돌리는 게 낫지 않을까.

　일부러 에너지를 모으려면 잘 안 된다. 한 곳으로 온 에너지를 집중해 장풍(掌風)을 날리기가 쉽지 않다. 활기와 열정, 에너지 이런 건, 나이 들수록 점점 희미해진다. 좋은 게 좋은 거라며 그냥 넘어가려 한다. 만사가 귀찮다. 그러나 평생 못 잊는 수치심에서 나오는 에너지는 장난이 아니다. 이런 충천(衝天)하는 에너지를 기억조차 못하는 하찮은 그에게, 그를 혼내는 데 쓸 필요가 있을까. 그 에너지의 폭발력은 상상을 초월한다. 박찬욱의『올드 보이』와『복수는 나의 것』을 보면 알 수 있다. 인간에겐 사는데, 아니 동물에겐 활기차게 사는 데 약간의 공포나 긴장이 필요하다. 그가 나에게 이젠 사라져가는 그런 것을 줬다고 생각해 위안 삼으면 어떨까. 머리로는 알겠는데 심적으론 힘들다는 것도 안다. 그러나 내가 보다 잘 살아가려면 이번엔 머리를 따르는 편이 좋을 것이다.

어항에 메기를 집어넣으면 어항의 물고기들이 더 많이 사는 것과 같다. 그런데 이 긴장이나 공포(분노) 에너지가 아무 때나 나오는 것도 아니다.

그에게 당한 수치심을 끌어내, 기억조차 못하는 그에게 복수할 그 에너지를 '나를 더 나아지게 하고 남에게도 도움 되는 곳'에 쓰면 어떨까. 복수는 실제 해도 개운하지도 않을 것이다. 그가 뉘우치는 것도 아니다. 잘못하면 복수가 또 다른 복수를 낳을지 모른다. 같은 식으로 하면 내가 경멸해 마지않는 그와 내가 다를 게 뭔가. 나는 그런 인간과 다르게 살아야 하지 않나. 솔직히 그럴 만한 가치도 없다. 내 소중한 에너지를 왜 그런 쓸데없는 데 쓰나. 그럴 수 없다. 잘 생기지 않는 분노 폭발 에너지를 나에게 더 플러스 되는 곳에 그 방향을 틀어 사용해 보는 건 어떨까. 이게 진정한 복수 아닐까.

관심 갖지 마, 하면 더 갖는다

요즘 '남혐'한다고 언론에서 떠든다. 나는 솔직히 이게 무슨 말인가 했다. 그러니까 모르던 걸 그들이 떠들면서 알게 되었다. 그들은 그런 것에 관심을 갖지 말라고 떠들었는데 오히려 나는 그들이 떠드는 바람에 몰랐던 걸 알게 되었다.

이게 뭔가. 솔직히 그들의 의도가 무엇인가. 그들의 진짜 의도를 알아야 그들이 왜 그런 말을 지껄이는지 안다. 그들은 자꾸 그것이 중요한 것처럼 계속 떠든다. 그들에게 뭔가 이익이 되기 때문이다. 그들은 독자를 늘려 광고를 유치해 돈을 버는 게 가장 큰 목적이다. 기업이니까 이윤추구다.

물론 언론의 바른 정도를 말하겠지만, 그것들도 알고 보면 다 돈이 되어야 굴러간다. 돈도 없으면서 언론의 정의, 진리 추구 같은 것만 외쳐봐야 굶어죽기밖에 더하겠는가. 그러면 그들의 종업원은 생활하기 위해 다른 곳으로 떠난다. 더 돈을 많이 주는 곳으로 철새처럼 배신하며 가는 것이다. 일단은 살고 봐야 하니까. 먹고 살아야 하니까.

먼저 어느 정도 먹고 살 수 있어야 그다음에 자기 철학을 부르짖는 것이다. 쥐뿔도 없으면서 자기 철학을 떠들어봐야 공허한 메아리 외엔 아무것도 아니다. 돈이 모든 것인 요즘은 더 그렇다. 아무도 그 울림에 관심 갖지 않는다. 아무도 듣지 않고 비웃음만 들릴 뿐이다. 국민도 어느 정도 먹고 살 수 있어야 바른 정신을 발휘할 수 있다.

매슬로우의 인간 욕구 5단계가 여기서도 정확히 먹히는 것이다. 물질과 마음의 안정을 찾은 다음에 존중과 존경이 찾아오는 것이다. 인간은 사람이기 이전에 동물이다. 민주주의가 되려면 일단은 먹고 살 수 있고 어느 정도 부가 균일해야 한다. 남의 부만 부러워하며 눈이 돌아가면 안 된다. 자기가 배부른 다음에 남도 어느 정도 배불러야 한다. 나는 쫄쫄 굶는데 남을 보니 배가 터져서 다이어트한다고 야단법석이면 배고픈 것보다 배 아픈 게 훨씬 견디기 힘들어진다. 빈곤은 상대적 빈곤이 더 무섭다. 못 살아도 같이 못 살면 괜찮다. 소득이 비슷해도 부자 나라에서 서민으로 사는 것보다 가난한 나라에서 중산층으로 사는 게 훨씬 더 만족스럽다. 이런 게 갖춰져야 언론의 정도니, 민주주의니, 기후 위기니, 생물 다양성이니 하는 것들에 관심을 갖는다. 그레타 툰

베리는 괜히 나온 게 아니다. 스웨덴은 어느 정도 먹고 살 만하고 빈부격차도 심하지 않다.

그 언론은 실은 관심을 가지면 안 된다는 말을 하면서 관심 갖기를 진짜는 바란 것이다. 되도 않는 것을 갖고 남혐을 한다며 페미니즘을 공격하는 것은 사실 거기에 무관심을 보이고 구경꾼이 사라지면 저절로 멈춘다. 악 다구니를 하고 싸우는 소리를 내야 사람들은 쳐다본다. 그냥 조용히 넘어가면 자기에게 관심을 두지 않는다. 관 심이 쏠려 그것으로 한 건 하고 싶으면 이런 것을 이용 하라.

또 '학벌'과 '돈'의 부작용을 논하면 그것은 힘이 세다 는 것을—말하면 말할수록— 더 강조하는 것밖에 되지 않는다. 그렇게 되면 역시 그것으로만, 그것을 우선으로 살 수밖에 없다는 것을 강조하는 셈이 된다. 역시 '학벌 과 돈은 중요해'라며 오늘도 또 가슴에 새긴다. 자유를 자꾸 말하면 지금 자유가 없다는 것을 말하는 것과 같 다. 부작용을 말하는 것은 그 자체가 아주 많이 필요하 다는 것을 말하는 것이다. 뭐든 지금 절실하고 필요하니 까 결핍되고 부족하니까 외치는 것이다. 전쟁이 잦으면 평화를 외친다. 지금 '헬조선'이고 불행하니까 너도나도 행복 추구에 목을 매는 것이다.

현재 만연한 것, 부정적인 것을 말하면서 그것을 고쳐야 한다는 취지의 글을 쓰면 물론 그것을 개선해야겠다고는 생각할 수 있지만, 그것은 그 부정적인 것이 실은 힘이 세다는, 그것을 외면할 수는 없다고, 그게 엄청 중요하니 우리는 무엇보다 먼저 그걸 추구해야 제대로 살 수 있다고, 그러지 못하면 다수에게 밀려 '벼락거지'가 된다고, 역설적으로 외치는 것과 같다. 인간은 지금 당장의 욕망 쪽으로 기운다. 눈앞에 보이는 것부터 우선 해결하고자 한다. 그게 안 되는데, 아주 멀기만 한 중요하고 좋은 것을 외쳐봐야 욕만 먹는다. 무능하다고 욕한다. 지금 먹고 살 것부터 해결한 다음에 이상을 외쳐야 먹힌다.

언론은 관심 끌고 광고 유치하려고 클릭 수를 높이려고만 하지 말고 그래서 부정적인 것만 노출시키지 말고 그것을 해결하고 개선할 방향을 더 구체적이고 실현 가능한 대안을 제시해야 한다. 부정적인 보도가 더 잘 먹히니까 온통 부정적인 것투성이다. 문제만 나열하지 말고 그것의 해결에 더 노력해야 한다. 문제:대안에 대한 보도가 4:6 정도는 되어야 한다. 그래야 더 좋은 사회가 올 수 있고 지속될 가망이라도 있다. 그리고 손가락이 아니라 달을 보는 일을 멈춰선 안 된다.

결국 가족이 문제야

왜 젊은 엄마들이 예민할까? 유치원에 보낸 자식이 어떻게 생활하고 선생들에게 어떻게 대우받나 감시하기 위해 CCTV까지 설치했다. 물론 선생들이 개념이 없어 그런 것도 있지만 한국 엄마들의 자식에 대한 극성스러움도 무시 못 한다. 왜 그럴까? 새끼가 있어 그런가. 인간도 결국 다른 동물과 다르지 않아 그런가?

나는 전에 기르던 소가 고분고분했다가 새끼를 낳고 나서 송아지에게 접근하자 갑자기 나를 뿔로 받아, 하마터면 논바닥으로 굴러 떨어질 뻔했다. 그동안 그 소는 나에게 너무 잘했고 그렇게 순했는데 갑자기 사나워져 그 충격으로 한동안 우울했다. 배신감을 느껴 울기까지 했다. 그 소가 미웠다.

이처럼 새끼 있는 어미는 동물이나 사람이나 자기 새끼 어떻게 될까 봐 늘 신경을 곤두세운다. 또 그 불안감을 이용해 돈을 버는 자들도 있다. 장사가 그런대로 되기 때문이다. 보이스피싱 같다고나 할까. 장사가 안 되면 그런 것은 저절로 사라진다.

엄마들은 누구하고나 싸우기 일보 직전이다. 뭔가 잔뜩 화나 있다. 나 외엔 모두 적이라 여차하면 공격할 태세다. 자기 새끼를 누가 어떻게 할까 봐 전전긍긍이고, 자기 새끼만 경쟁에서 뒤쳐질까봐, 아니 그래서 자기만 몰라 아무것도 안 하고 있는 건 아닌지 늘 좌불안석이다. 엄마들은 불안을 먹고 산다. 언제 터질지 모르는 시한폭탄이다. 뭔가 자식을 위해 해보려고 아우성이다. 가만히 있지를 못한다. 자기 새끼를 기르는데, 안 좋을까 봐 이런 좋지 않은 마음도 잘 표현하지 못한다. 이러지도 저리지도 못한다. 그렇지만 그런 게 다 티가 나 무심한 사람도 그 기운을 느껴 알아서 피한다. 거기에 엮이고 싶지 않은 것이다, 싸움닭에게.

왜 이 지경이 되었을까. 근본은 경쟁 심화 자본주와 결합한 극심한 가족중심주의 아닐까. 참고로 여자들은 불안하면 섹스도 하지 못한다. 뭔가 예측 가능하고 안정적이며 편안해야 섹스도 즐긴다. 자본주의는 경쟁을 부추기고 그로 인해 사람들에게 초조감과 불안감을 안겨준다. 사회주의 여성보다 자본주의 여성이 섹스리스가 더 많다는 통계도 있다.

맹목적 자식 사랑은 다분히 동물적이다. 결국 인간도 동물에 불과하므로 그런 동물의 행동을 보고 인간을 파악하고 요약하는 것도 가능하리라. 전에 이건희 회장이

「동물의 왕국」을 보고 인간의 본성을 파악해 물건을 팔 궁리를 했다잖은가.

자기 새끼를 지키는 건 본능임에 틀림없는 것 같다. 인간은 물리적인 변화로 정신까지 영향을 받는다. 지금에 너무 충실하다. 너무 악에 받치고 무한 경쟁으로 접어들었다. 나중의 몸의 변화로 인한 마음의 변화는 생각지 못한다. 지금을 기준으로만 생각하는 어리석음이 있지만, 그건 어쩔 수 없는 어리석음 같다. 인간의 한계다. 인간은 그런 어리석음을 지닌 채 살아간다. 길게 보면 지금의 어리석음을 깨닫겠지만 뭐 그렇게 안 산다고 따지는 데야 할 말이 없다. 지금 이대로에 만족한다는데 무슨 말을 해줄까. 누구나 자기 멋에 살고, 자기를 합리화하며 사는 거니까.

우리나라는 항상 '집과 교육'으로 조용할 날이 없다. 물론 집은 돈 때문이고, 교육은 자식 때문일 것이다. 자식이면 깜박 죽는다. 지금 여자에게 남은 거라곤 자기 자식밖에 없는 것 같다. 그게 더 중요함을 깨달아 자기를 찾은 여자를 제외하고, 우리나라 엄마에게 과연 자식을 빼면 그들에게 뭐가 남을까. 자식의 지위가 곧 자기 지위니까. 이것도 알고 보면 자식이 그 원인이다. 더 나아가선 가족이 문제다. 모든 분쟁의 씨앗은 '가족'이다.

장관 후보들이 청문회에서 망신을 당하고 결국 낙마하는 건 전부 '자기 가족에만 너무 열심이고 희생하여 그리 된 것'이다.

왜 자기를 찾지 못하고 가족에게 집착할까. 그 끝을 파고 들면 결국 마지막엔 가족만 남는다. 가족이 모든 악의 뿌리다. 아마 개인의 확장으로 가족이 아니라, 가족의 일원으로 개인을 보는 문화가 뿌리 깊기 때문일 것이다. 개인의 가치를 소홀히 한 게 그 원인이다. 가족을 위해, 집단을 위해 개인의 희생을 당연시 여겼고 오히려 권장해 왔다.

우리나라 특유의 가족주의다. 결국 남은 건 가족밖에 없다는 결론이다. 그러니까 이 집 문제와 교육 문제를 해결하기 위해선 가족주의부터 뿌리 뽑고 그렇게 되면 부모와 자식의 유대가 좀 느슨해져 집과 교육 문제도 저절로 해결의 실마리가 보이기 시작할 것이다. 그렇게 되면 결국 개인으로 모든 게 수렴되고, 개인의 문제로 귀결될 것이다. 개인 하나하나를 소중히 여기는 문화로 대체되어야 한다. 모든 기초는 '개인'에서 시작되어야 한다, 가족이 아니라. 가족과 가정이 개인을 파괴하는 문화는 없어져야 한다. 가족도 다 개인의 행복에 기초해야 한다. 개인의 행복 조건으로 가정이 존재해야지, 가정을 위해 개인이 희생되는 일은 이제 없어야 한다.

아무리 문제를 해결하려 해도 그 심연(深淵)에 자리 잡아 끈질기게 달라붙어 있는 인간의 무의식을 건드리지 않는 한, 결국 헛수고에 불과하다. 겉으로만 해결되는 것처럼 보일 뿐 근본적으로 해결되진 않는다. 본류를 잡아채, 더는 그게 힘을 발휘하지 못하도록 그 흐름을 틀어쥐어 역류시켜야 한다.

우리나라에서 이제 가족은 개인과 좀 느슨해질 필요가 있다. 엮여도 너무 엮여 있다. 그 뿌리를 뽑아 공중에 말려야 한다.

가까우면 더 심한 원수가 된다

굳게 믿었거나 가까운 사람에게 들은 안 좋은 소리가 더 크게 나를 망가지게 하고 나에게 씻지 못할 상처를 주기도 한다. 그건 가까움이 그 원인이다. 믿었던 사람에게 받은 상처가 더 치명적이다.

차라리 내 앞에서만 하는, 예의만 지키고 그냥 쿨하게 가볍게 만나는 사이가 알고 보면 더 많은 도움을 주고받을 수 있다. 잦은 잽이 상대를 KO시킬 수 있는 것이다. 인간이 사는 세상에선 약간 먼 관계끼리 더 잘 지낼 수 있다. 나와 그렇게 가깝지 않기 때문이다. 그런 사람에게 받은 것은 뜻밖이라 더 좋은 기억으로 남기조차 한다. 선물을 줄 때도 그냥 불쑥 주는 게 낫지, 준다고 하고 안 주거나 기대에 못 미치면 그 효과가 반감된다. 대신 가까운 사람에게 받은 선물은 고마운 게 아니라 당연하다고 생각한다. 고슴도치처럼 체온을 위해 가까이하면서도 너무 가까우면 서로 가시로 차단하는 관계가 더 좋고 더 오래갈 수 있다. 결국 도움도 더 많이 주고받고. 불도 너무 가까우면 뜨겁고 적당한 거리를 둬야 따뜻하다.

여자의 적은 여자라는 말도 동성끼리 서로 너무 잘 알기 때문에 그런 말이 나온 것으로 안다. 이럴 때 느끼는 거, 그런 말을 할 때 무슨 기분이 들고 상대방은 그걸 어떻게 받아들이는지 남자보다 여자가 서로 더 잘 감지하기 때문에 상대가 미운 것은 물론 무섭기까지 하다. 재수 없게 내 마음을 너무 잘 안다. 그래서 여자는 여자에게 질리고 남자는 서로 그 늑대 속셈을 알아 관심 밖이지만 이성 간에 아무리 해도 모르기 때문에 신비감과 호기심이 동하여 서로에게 멈춤 없이 끌리는 건 아닐까.

직장에서도 상사들이 여자 후배에겐 격려의 말을, 힘을 주는 말을 해주지만 남자 후배에겐 아주 인색하다는 걸 알 수 있다. 여자도 남자에겐 그러지만 자기 동성 후배에겐 그러는 걸 보지 못했다. 이것도 어찌 보면 비슷하니까 적대시해서 그런다고밖에 볼 수 없다. 나와 비슷한 것을 격려해 주는 순간, "그럼 나는 뭐지?" 하며 자기 자신이 상대적으로 떨어지는 걸 느껴 움찔한다. 상대를 높으면 내가 가라앉는 것이다. 라이벌이나 질투의 대상도 자기와 비슷해야지 얼토당토않으면 성립이 안 된다. 차라리 조금만 아는 사람이 나를 더 많이 돕는다. 이해관계가 없고 경쟁 관계가 아니기 때문이다.

또 나이가 다른 사람에겐 대체로 관대하지만 비슷한

사람끼리는 서로 으르렁거린다. 어려움에 처해도 서로 잘 돕지 않는다. 이유는 서로 가깝고 그래서 더 잘 알기 때문이다. 늙은이는 늙은이들끼리 으르렁거리고, 젊은 이는 젊은이들끼리 서로 돕지 않는다. 경쟁심이 더 심하다. 젊은이는 늙은이를 더 잘 돕고, 늙은이는 젊은이를 더 잘 돕는다. 서로 가깝지 않고 잘 모르기 때문이다.

잘 알지 못하면 미움도 덜 산다. 이건 그가 나와 상관 없어서 그런 것도 있겠지만, 반대로 나는 너를 잘 아는데 너도 나처럼 나를 너무 잘 알아, 이런 감정의 오고 감이 미움의 씨앗으로 자랄 수 있다. 미운 정도 정이라는데 그건 알고 보면 좋은 감정이 미운 것보다 더 많을 때나 성립된다. 미운 게 더 많으면 서로 악감정만 남는다. 회복 가능성이 요원하다.

이 앎이 나를 이해하고 공감하는 것이면 좋지만, 그게 아니고 내 못된 속마음을 상대가 거울처럼 훤히 들여다 본다는 생각이 들면 상대에 대한 미움이 싹트기 시작한다. 내 속마음을 꿰뚫는 것 같은 그 엷은 미소가 상대의 얼굴에 비치면 소름까지 돋는다. 교통사고나 화재로 죽은 사람을 방송하면서 웃는 아나운서가 떠오른다. 그런데 이건 내가 상대를 그렇게 보니까 상대도 나를 그렇게 본다고 생각하는 것에서 비롯된다. 자기 마음의 투영인 것이다. 뭐 눈엔 뭐만 보이는 것이다. 사기꾼 눈에 누구나 사기꾼처럼 보인다. 그 누구도 믿지 않는다. 그가 나에게 남을 믿지 말라고 말하는 것은 그도 지금 나를 믿지 않고 있다는 말과 같다. 하여간 상대가 나와 비슷하면 괜히 재수 없다. 나를 어느 정도만 알고, 내가 감추려고 하는 걸 알지 못하는 상대가 더 마음에 든다. 나를 너무 훤히 아는 그가 밉다.

인간이 사는 세상에서 적당히 알고 적당히 가깝기만 하면 별일은 일어나지 않는다. 오히려 사이가 좋아질 수 있다.

나는 거의 책에 미치다시피해서 사람들과 가까워질 수가 없다. 그래서 남들과 싸우는 일도 잘 없지만, 이 책이라는 생리가 남과 떨어져 거의 혼자서만 하는 일이라서 더 그렇다. 내겐 책 때문이지만 남과 적당한 거리를 늘 유지하니 감정의 골이 생기는 경우는 잘 없는 것 같다.

또 자기와 같은 것을 하는 사람이 경쟁자가 되고 결국 그를 미워하는 경우도 있다. 내가 컴퓨터에 미쳐 도서관의 모든 컴퓨터 책을 모조리 섭렵하고 있을 때, 같이 컴퓨터 코너를 들여다보는 사람을 만나면 괜히 그가 싫어지고 경쟁심이 생겨 질투할 때가 있다.

절대 그럴 것 같지 않은, 전교 1등을 놓친 적이 없는 머리 좋은 의사 집단에서 경쟁에 밀려 한 번도 겪어보지 못한 자존심의 추락으로 자살로 이어진다는 말도 있지 않은가. 꼴찌만 하던 사람은 이런 일로 절대 자살하지 않는다. 동물들도 너무 가까이 있으면 좋을 게 없다. 그들에게도 사회적 거리두기를 권장했으면 조류 독감이나 광우병, 돼지 열병 같은 것도 그렇게 자주 발생하진 않았을 것이다. 그런데 왜 개에겐 전염병이 잘 없을까. 인간이 좋아하는 개는 다른 동물들처럼 그렇게 다닥다닥 붙어있는 경우가 잘 없어 그런 건 아닐까. 코로나19도 번잡한 도시에서 같은 종자인 사람끼리 너무 붙어 있어 생긴 게 아닐까. 너무 붙어 있으면 좋은 일보다 나쁜 일이 더 많이 생긴다.

나는 요즘 책에 미쳐 사는데, 지하철을 타고 책 읽는 사람을 보면 나 같은 동지가 있다는 안도감 이전에 그가 내 경쟁자가 되어 나를 질투로 몰아넣는다. 나는 이런 나의 못된 심보를 대하는 게 싫어 얼른 다른 칸으로 이동해 책을 마저 읽는다. 그 칸에선 도저히 책이 머리에 들어오지 않는다. 그렇지 않은 게 더 많겠지만, 내가 책에서 얻은 희소하고 유일한 진리를 그와 공유하고 있다는 것에 비뚤어진 내 마음이 작용한 것이다. 이쁜 것으로 유명한, 내가 좋아하는 남자가 누가 봐도 예쁜 애와 다정히 너무 붙어 서서 이야기를 하고 있는 것을 볼 때

기분이 좋을 리 없다. 예쁜 사람은 예쁜 사람을 그냥 두고 보지 못한다. 같이 예쁘기 때문이다. 그들은 서로 멀리 떨어져야 행복하다.

한편, 너무 가까워서 사이가 나빠진 부부가 어느 날 졸혼을 선언한 후 친구처럼, 처음 사귈 때의 기분으로 돌아가 더 뜨거워진 부부 얘기도 들린다. 그러나 이들 부부 사이에 어느 정도의 믿음이나 존중은 분명 남아 있었을 것이다. 너무 아닌 부부라면 그렇게 되긴 힘들다.

가까운 사람이 내 편이라면 좋지만, 적이라 생각되고 그가 또 내 마음을 속속들이 알고 있다는 생각이 들면 그가 더 얄미워진다. 국가도 더 잘 아는 인접한 국가끼리 전쟁을 하지, 먼 나라와는 거의 그런 일은 일어나지 않는다. 적당한 거리를 두는 게 여러모로 좋은 것 같다.

내가 그에게 집착하는 것 같으면

요즘 데이트 폭력이 범죄가 되어 미디어에 오르내리고 가스라이팅도 사회적 이수가 된 지 오래다. "그를 얼마나 사랑했으면?" 그러나, 그건 다 옛날얘기다. '짝사랑의 성공과 열 번 찍어 안 넘어가는 나무 없다'는 말도 이제 시대에 뒤떨어지긴 마찬가지다.

그래도, 나만 사랑하는 이 감정을, 짝사랑하는 나를, 어쩌란 말이냐? 사랑은 시간이 지나면 그 약발이 떨어진다. 잠시 콩깍지가 씌워진 것에 불과하다. 세월에 장사 없고, 만나지 않으면 마음도 멀어진다.

차가운 너의 이별의 말이
마치 날카로운 비수처럼
내 마음 깊은 곳을 찌르고
마치 말을 잃은 사람처럼
아무 말도 하지 못한 채
떠나가는 너를 지키고 있네

인간이란 무엇인가

어느새 굵은 눈물 내려와
슬픈 내 마음 적셔주네

　말이 그렇지, 막상 내가 사랑을 잃으면 임지훈의 《사랑의 썰물》처럼 나도 그렇게 된다. 나도 남의 실연(失戀)에 대해선 충분히 이성적으로 말할 수 있다. 거기서 떨어지라고 말한다. 그러나 그게 내 일이면 얘기가 다르다. 집착하게 되고, 자기만의 고집인 줄 모른다. 거기서 떨어질 수 없는 것이다. 시야도 좁아진다. 그게 내가 사는 세상에서 가장 중요한 것이고, 앞으로 없으면 살아가지 못할 것처럼, 하늘이 무너질 것 같은 절망에 빠진다. 나만 사랑하는 것이 억울해 상대와 균형을 맞추기 위해 나만큼은 아니어도 뭔가 상대에게도 고통을 주려 한다. 나만 힘들 수는 없다.

　그러나 그땐 그렇게 중요하던 것도 지나고 나면 별 거 아니고, 하늘은 역시 무너지지 않고 지금도 여전하며, 내 삶은 아직 시간이 많이 남았다. 그리고 모든 것은 변하고 제자리에 그대로 있는 것은 없다.

　어떻게 보면 자기 자신을 너무 사랑한 결과 사랑을 넘어 집착하게 되는 것 같다. 자기 사랑을 너무 중히 여긴 결과다. 누가 사랑하랬나? 솔직히는 내가 더 사랑해서 차이거나 버림받으면 어쩌나 하는 공포심이 들어앉아 있다. 상처받아 그것이 나를 짓밟아 더는 일어나지 못하게 하면 어쩌나 하는 두려움이 나를 조종한 것이다.

사랑을 하면서도 자기가 상대보다 덜 사랑하길 바란다. 자기가 더 사랑하는 걸 견디지 못한다. 내 자존심이 용납하지 않는다. 지금까지 오냐오냐 잘한다는 말만 들어온 사람이 더 그렇다. 아예 안 될 걸 아는 사람은 자기 분수를 알아 포기한다. "내가 그렇지 뭐." 그런데 무난하게 잘 살아온 사람은 "감히 네까짓 게, 나를!" 도저히 용서할 수가 없다. 지금까지 살면서 거절이란 걸 받아본 적이 없어 그렇다.

내가 덜 사랑해 상대를 마음대로 조종하고 싶다. 상대가 나에게 매달려 제발 내 사랑을 받아달라고 애원하길 바란다. 그가 나를 더 사랑하는 것 같으면 내가 뭔가 지배하는 것 같고, 그 순간을 즐기며 나르시시즘에 빠진다. 사랑이 아니라 전쟁이다. 사랑싸움에서, 휘둘리는 을이 아니라 휘두르는 갑이 되고 싶은 것이다.

무난하게 살아온 사람도 상대를 해코지할 게 아니라, 그러면 어장 관리라도 하는 게 낫다. 여기저기 유사시를 대비해 미리 굴을 여러 개 파놓는 것이다. 일종의 보험이다. 상대가 나를 배신하면 그 상처를 달리기 위해 다른 굴에 있는 다른 상대를 이용하는 것이다. 대신 그에게 상처를 줘선 안 된다. 좋은 쪽으로 활용해야 한다, 모르게. 굳이 변명하자면, 나도 사실 지금 누군가에게 어장 관리당하고 있을지도 모른다. 우리 친구들 사이에서 한 친구와 사이가 멀어지면 또 다른 친구를 만나 위로받지 않나, 그런 것과 비슷하다고 보면 된다. 더 안 좋은 상황을 막기 위해 덜 안 좋은 방법을 쓰는 것이다. 그게 안 되면 상대에게 폭력을 가해 자기의 울분을 해소할지도 모른다. 그건 (이별의 고통을 빙자한) 범죄다.

이건 잠시 빗나간 얘긴데, 우리가 사는 사회엔 필요악(必要惡)이 있다. 필요악으로 핵무기나 매춘을 흔히 들고 있지만, 좋지 않으나 현실적으로 꼭 필요하고 실제 많은 도움이 되는 걸 말한다. 인간 사회에선 이 필요악이 없는 곳이 없다. 겉으로 드러나지 않게 다들 쉬쉬하지만 그게 없으면 지금 생활이 안 된다. 그걸 갖고 생활하고는 있지만, 한편으론 또 그것이 없는 세상을 꿈꾼다. 그런데 꿈이라 그런지 하루아침에 이뤄지는 것도 아니다. 그냥 악인 채 인간이 갖고 갈 운명인지도 모른다. 우린 오늘도 그걸 갖고 있다. 아마 내일도 거의 틀림없이 갖고 있을 것이다. 인간 세상은 그렇게 단칼에 깨끗해지지 않는다. 아마 그게 극단적 깨끗함과 더러움을 갈라놓는 완충 역할을 해서 그런지도 모른다. 마치 신과 인간의 매개로 교회와 절이 있는 것처럼. 그것이 없는 세상을 생각해 보라. 당장 혼란이 우릴 감쌀 것이다. 인간은 신과 직접 만나려고 하지만, 필요악이라 그런지 이런 것들이 굳이 중간에서 다리를 놓겠다고 설친다. 실제로 또 없으면 당장 불편하고 혼란스럽다. 그러나 우린 꿈에서라도 이런 것 없이 직접 신과 마주하고 싶다. 현실에선 필요악이 가로막아 쉽지 않은 걸 보면, 역시 꿈은 쉽게 이뤄지는 게 아닌가 보다.

그래도 견딜 수 없다면? 이 달랠 길 없는 나를 어쩌란 말이냐? 내가 그에게 벗어나지 못하고 그에게 빠져 집착하고 상대는 그걸 아니까 자꾸 피하려 하고… 난 만나주지 않으니 점점 화가 나고… 드디어 폭발, 이렇게 이별 범죄는 시작된다. 여기서 벗어나는 건 의지나 결심만으로 되지 않는다. 현실적으로 가능한 방법을 써야 한다.

이럴 때 세 가지 방법이 있다. 아니 네 가지(요약하면, 이제 내리막길만 남았다는 것과 버림받은 굴욕의 에너지를 자기가 몰두할 일에 쓰라는 것과 그 이상형의 단점을 반드시 찾아내 항상 간직하고 다니라는 것, 또 하나는 시간이 약이라는 것, 사실 이것만으로 나만의 짝사랑을 충분히 극복할 수 있다, 그 네 가지가 상황에 따라 나를 도울 것이다). 이런 것들은 순전히 나에 해당하는 특수한 방법이고, 다른 사람은 또 다른 방법을 개발할 수도 있다. 그냥 참고만…

지금은 스토킹이나 데이트 폭력, 리벤지 동영상, 그루밍, 가스라이팅이 범죄이고, 예전 같은 순애보는 없다. 한 가지에 그렇게 정성을 기울이지 않는다. 어찌 보면 관계가 더 가벼워지고 쿨해졌다. 쉽게 만나고 쉽게 헤어진다. 거기엔 물론 장단점이 있다. 그래 전처럼 거기서 벗어나기도 쉬워졌다.

그런데도 그 집착에서 빠져나오지 못하는 나?

실은 한눈에 반한다는 것은 상대가 최고의 상태에 있을 때 내가(나도 물론 그럴만한 위치에 있고) 그를 목격한 것이다. 그렇다면, 이제 상대도 나도 여기서 내려가는 일만 남았다. 내가 심적으로 약하고 멘탈이 바닥일 때 나를 돕는 척하고 다가오는 상대를 조심하라는 말도 있다. 나도 어떤 이유에서인지-대개는 내 마음이 심하게 흔들리고 불안할 때- 나를 위로하고 편드는 상대를 최고로 보게 된다. 그 순간을 잊지 못하고 빠진다. 사랑의 마약이다. 그 순간은 상대도 나도 서로를 좋게 보기 위해 최고의 상태에 놓여 있던 것이다. 뭔가 되려고 맞아떨어진 것이다. 내 마음이 가장 바닥일 때, 그는 외모나 성격이나 뭐나 나에게 꼭 맞는 최고의 상태였던 거다.

모든 게 그렇지만 이것도 그 최고의 상태를 계속 유지하기란 쉽지 않다. 실은 이제 내려올 것만 남았다. 좋게 보이는 게, 좋은 상태가 항상 지속될 수는 없다. 이제 떨어지는 것만 남았다. 그래서 내 첫사랑을 나중에 우연히 만나 "우리는 다시 만나지 말았어야 했어." 하고 후회하기도 한다. 전의 모습이 아닌 것에 실망한다. 첫눈에 반한 그때가 뭐든 최고의 상태여서 그다음은 그처럼 될 수가 없다. 모든 것이 갖춰진 그 조건을 채울 수 없다, 그 완벽함을. 이걸 믿어야 한다. 최고조에서의 내리막을.

그 상대가 웃는 이에 고춧가루가 끼고 방귀를 뿡뿡 뀌고, 트림을 하고, 알고 보니 배가 나온 것 같고, 그렇게 상냥하던 성격이 아닌 것을 알았을 때, 서서히 짝사랑에서 벗어나기 시작한다. 질리고 물리는 것이다(역설적으로 첫눈에 반하는 게 자극적이고 강렬할수록 어떤 계기로 그 상태는 갑자기 무너진다). 짝사랑도 집착도 처음에 내 눈을 가린 환상으로만 보여 그렇게 된 것이다. 상대의 실체를 알게 되면 서서히 거기서 벗어나기 시작한다. 아주 다행이다, 이별 범죄에서 벗어날 수 있다.

그리고 그 환상(첫눈에 반한 그 상황을)을 그대로 내 머리에 간직한 채 가지고 가면 세월이 흘러도 그 모습이 그대로 유지된다. 그래선 안 된다. 그 환상을 하루빨리 깨야 한다. 그 모습을 잊지 못하고 다시 찾아가 애원할지도 모른다. 그건 범죄에 다가가는 길이다. 이왕 그럴 거면 -상대를 절대 잊지 못하면- 일부러라도 다시 찾아가

단점을 기필코 찾아내 그에 대한 환상에서 벗어나야 한다. 환상을 간직하면 안 된다. 초기에 잡아야 한다. 그 환상을 깨고 현실로 나와야 한다.

더 오래 끌면 『부부의 세계』에서의 김희애와 박해준처럼 한 단어로 설명하기 어려운 관계로 발전한다. 미운 정 고운 정, "저럴 땐, 내가 곁에서 챙겨줘야 하는데"라는 연민, 상대가 자기만의 것이라는 배타적 소유욕, 자기가 아닌 남의 옷매무새를 만져주는 모습에서 오는 끓어오르는 질투와 절망, "너는 내가 아주 잘 알지. 네가 진짜 원하는 건 이거잖아?"라는 둘만의 은밀하고 내밀한 공유감 등. 이젠 사랑을 떠나, 같이 살아오며 얽힌 그 무엇들이 둘을 옭아매 놓아주지 않는다. 아주 징글징글하게 서로가 서로에게 엮인다.

방귀와 고춧가루와 트림, 술을 많이 먹어 생긴 똥배와 배배 꼬인 더러운 성격과 어서 만나야 한다. 긴 치마만 입어 가늘 것 같았던 다리가 노출되어 통무 같은 그 굵은 다리를 봐야 한다. 허리를 덮는, 걸을 때마다 출렁이는 살덩이의 물결을 기필코 목격해야 한다. 그러면 그 환상이 내 머리에서 지워지기 시작한다. 상대에게서 나오는 환상이 아닌 실체를 목격해야 한다. 그럼, 상대에 대한 집착도 서서히 희미해지기 시작한다.

거기에 또 모든 감정을 가라앉히는 만병통치약인 시

간도 나를 도울 것이다. 그 환상을 깨는 이상형의 한 가지 단점이라도 머리와 가슴에 꼭 쟁여둔 채, 자기 일에 몰두하는 것이다. 그 상대의 단점인 그 하나를 머릿속에 입력하고 내 일에 몰두하고 상대가 나를 싫어하는 것에 대한-자존심을 긁어놓은 것에 대한- 분노 에너지를 내가 몰두하는 취미에 쏟으면(즉 서블리메이션[승화]하면) 차츰 뉴스에 오르내리는 그런 짓은 절대 하지 못한다. 아니, 하지 않는다. 이젠 그렇게까지 할 필요가 없기 때문이다.

그러면, 아마 이 상황이 역전될지도 모른다. 갑자기 치근거림이 멈추고 자기만의 일에 몰두하는 내 모습에 상대가 호기심이 일어 나에게 소찬휘의 《Tears》를 부르며 접근해올지도 모른다.

잔인한 여자라 나를 욕하지 마
잠시 너를 위해 이별을 택한 거야
잊지는 마 내 사랑을
너는 내 안에 있어

여기서 흔들려선 안 된다. 다시 예전으로 돌아갈 가능

성이 높기 때문이다. 벌써 잊었단 말인가, 지금까지의 수모를. 그와의 인연은 여기까지라고 속으로 다짐하고 또 다짐해야 한다. 한 번 속지 두 번은 안 된다. 그럼 나는 진짜 괴물이 될지도 모른다. 내가 당한 것처럼 가차없어야 한다. 유지태와 이영애의 『봄날은 간다』를 보면 알 수 있다. 나도 유지태처럼 내 역할에 충실해야 한다. 그것만이 진정한 복수이기 때문이다.

내가 상대에게 너무 집착하는 것 같으면, 그 이상형의 단점—이상형에서 찾아낸 이 하나의 단점은 그야말로 치명적이다—을 하나라도 찾아낼 것, 그것을 간직한 채 시간을 보낼 것, 나를 배신한 그 울분 에너지를 내 취미에 생산적으로 활용할 것. 그리고 짝사랑, 그 시점부터 반드시 곤두박질친다는 진리를 명심할 것, 거기가 가장 높은 꼭대기였음을. 그러면 '사랑을 향한 내 맹목적인 집착'은 비로소 막을 내린다. 집착 같은 그 사랑은 나만 사랑이지, 상대와 다른 사람은 그렇게 생각하지 않는다.

이제 쓰라린 사랑을 경험했으니 나를 좋아하지도 않고 나만 사랑하는 그런 일방적 사랑 말고, 나도 좋고 상대도 나를 좋아하는 그런 진정한 사랑을!

강승모의 《무정 부르스》를 들으며 글을 맺는다.

자꾸만 바라보면 미워지겠지
믿어왔던 당신이기에
쏟아져 흐른 눈물 가슴에 안고
돌아서는 이 발길
사랑했던 기억들이
갈 길을 막아서지만
추억이 아름답게 남아 있을 때
미련 없이 가야지

인간은 일단 자기가 우선

인간은 어쩔 수 없이 자기중심적이다. 어떤 일을 해석할 때 혼동되면 자기중심적이라는 것을 염두에 두고 보면 거의 들어맞는다.

인간은 결국 자기중심적이라는 말은 알겠는데, 그것을 실감한 적이 한 번 있었다. 우선 이런 말이 있다. 자기 손톱 밑의 가시가 신경 쓰이는 게 지금 중동에서 테러가 일어나서 여럿의 사람이 희생된 것이나 기후 변화, 자본의 노예로 전락했지만 그 모습을 보지 않으려 하고 개선할 생각도 없는 것보단 강하다는 것.

자식에게 "다 너를 위한 거야."라고 해도 엄밀히 따져 보면 솔직히 부모 자신을 위한 것이란 것을 조금만 서서 생각해 보면 알 수 있다. 자기 이익에 관련이 없는데 자식에게 그렇게까지 매달릴까. 남에 대한 연민으로 기부를 하고 자식에게 희생하는 것은 결국 자기만족이거나 자기 장래 걱정과 미래 불안에서 벗어나려는 기제(機制)가 작용한 것이다. 솔직히 자식이 잘 안되면 자기 자신

이 힘들어지니까 그게 걱정인 것이다. 자기를 위한 것이
자식을 위한 것으로 둔갑한 것이다. 자기를 우선 걱정하
는 것에서 자식의 걱정도 나온 것이다. 순수하지 않고
수상하다. 전엔 아들을 낳으려고 그렇게 그러다가 이젠
딸이 효도를 더 한다니까 딸만 낳는 게 유행이 되었다.
딸에게 호강 받으려는 속셈이다. 좀 솔직해져야 한다.

　진짜 순수하게 자기를 떠나 남을 돕고 자식을 위해 헌
신하는 것일까? 거기엔 반드시 자기가 관련되어 있다.
그럼 그렇게 가식을 떨지 말아야 한단 말인가? 이런 가
식이 인간이 사는 사회에서 없을 수가 없다. 속마음과
다르게 말한다. 진짜는 안 그런데 그런 척하는 것이다.
그래야 인간 사회를 살아갈 수 있고, 또 그 사회도 유지
되고 굴러간다.

　지금 코로나19로 확진이 된 친구와 같이 있었지만 자
기는 음성이 나왔다고 확진으로 격리되어 손가락질을
받고 있는 친구에게 대놓고 자기가 음성 나온 것을 다행
이라 떠벌릴 수 있을까? 속으론 천만다행이라고 생각해
도 우선은 확진을 받고 격리되어 치료받고 있는 친구를
위로할 것이다. 그래야 인간이 사는 세상에서 정상으로
살아갈 수 있으니까. 또 그 세상도 그런 게 있어 유지되
는 것이고.

　알고 보면 그런 것도 자신을 위한 행동인 것이다. 솔

직히 확진된 친구 앞에서 자신이 음성 나온 것이 다행이라며 말을 못하고 친구를 먼저 위로하는 것도 결국 앞으로의 자기 평안을 위한 것이다. 자기 위주의 계산에서 나온 것이다. 만약 솔직히 말하는 게 자기에게 유리하다고 판단되면 솔직히 말하는 걸 택할 것이다. "너와 같이 있었지만 너만 확진되고 나는 음성이어서 너무 다행이야."라고. 자기에게 이익되고 불리할 것을 잘 판단하며 표현할지 말지를 정하는 게 사회생활을 잘 운영해 나가는 요령 아닐까. 그가 겉으론 친구지만 원수 같고 손절하고 이만 떨어지고 싶으면 사실대로 말할지도 모른다. 서로 간에 그렇게 해서 좋을 게 없으니까 속마음을 감추는 것이다. 자기와 관련되어 있고 우선 자기를 생각하기 때문에 그런 행동이 나온 것이다. 자기 본위(本位)로 생각한 결과다. 그러면 안 되니까 사회가 엉망진창이 될 수 있으니까 너무 솔직함을 도덕적으로 막는 것뿐이다. 법이 만들어지기 전의 세상에선 이런 게 일반적이었을 것이다. 그 누구도 실은 자기가 아닌 남을 먼저 생각했다고 겉으로는 말할지 몰라도 솔직히 자기를 먼저 생각한다. 남을 돕는 것도 실은 그런 것이다. 결국은 그런 것인데 아니라고 자기 합리화를 한다. 그래야 사회가 굴러가고 자기 마음이라도 편하기 때문이다.

　사람이 이렇게 착하지 않다고 인정하고 들어가면 고

민이 덜 되고 괴롭거나 배신당했다고 남에게 해코지하는 것도 줄어들 것이다. 인간 기대에 대한 체념이랄 수도 있지만, 더 중요한 건 잘해보고자 그 실체를 직시(直視)하는 것이다. 실체의 진실을 알아야 문제가 더 잘 해결되기 때문이다. 실체와 진실을 가리면 문제가 더 꼬이고 배신당했다며 절망하고 분노하게 된다. 인간 혐오로까지 이어질 수 있다. 기대 안 했던 게 좋아지는 게 사람 정신건강에도 낫다. 아니라고 하니까 더 힘들어지고 꼬이는 것이다. 기대가 크면 실망도 크다. 더러움을 우리는 보지 않고 감추고 덮으려 한다. 현실을 보기 싫고 덮는 게 편하니까 그냥 묻어버리고 가는 것이다. 그게 지금은 편하니까. 그런데 그 덮은 곳에선 계속 악취가 풍겨 우린 그것을 맡으며 살아가야 한다. 꺼내서 햇볕에 말려야 한다.

개별적으론 이런 불합리를 한두 개쯤은 혼자 할 수 있을지 몰라도 인간 세상의 불합리를 혼자 다 고쳐보겠다고 덤비다간 금방 나가떨어질 것이다. 인간이 사는 세상이 원래 불합리한 게 아닐까. 태어날 때부터 공평하지도 않고. 그러니까 혜택을 적게 받은 약자에게 계속 줘서 균형을 맞추는 작업을 멈추면 안 된다. 우린 배고픈 건 참아도 배 아픈 건 참지 못하기 때문이다.

이건 중요한 것이다. 왜냐면 이런 덮고 그냥 넘어감

이, 모른척함이 사회가 지속되는 비결이다. 위선적(僞善的)인 것이 있어 사회가 이어가는 것이다. 거대한 사회와 역사를 무시해선 안 된다. 자기가 뭔데 혼자 그걸 전부 고치나. 그러면서 우선 불공평함을 인정하고 그것을 전부 해결(위선적)하긴 힘들지만, 그렇더라도 그것을 해결하기 위해 오늘도 노력해야 한다. 그 노력 자체가 아마도 인간이 사는 이유아닐까.

인간은 이러쿵저러쿵해도 결국 자기중심적이란 것을 나는 어느 유명 작가의 글에서 깨달았다. 과연 자기 일이 아닌 일에 잠을 설칠 수 있을까? 남이 안 보는 한밤중에 그가 잠을 설치는 것은 자기에 대한 걱정과 고민으로 그러는 것이지 남에 대한 걱정으로 그러는 게 절대 아니다. 자기가 낳은 자식 걱정도 우선 먼저 실은 자기를 걱정하는 것이다. 자식 걱정은 결국 자기 걱정이니까. 자식이 잘못되면 자기도 힘드니까. 인간은 착한 척해야 제대로 살아갈 수 있고 또 그래야 세상이 그런대로 굴러가기 때문이다.

그런 착한 척도 결국 자기를 위해 그러는 것이겠지만, 아예 자신은 나쁜 놈이라고 주장하며 속과 겉이 같다고 하는 자가 실은 더 불손하고 위험한 것이다. 포기하지 않기 때문이다. 인정 안 하는 자가 꼭 사고를 친다.

　위선적인 게 위악적(僞惡的)인 것보다 덜 치명적이다. 왜냐면 인간은 자기가 겉으로 드러낸 말이나 행동과 일치하려고 애쓰기 때문이다. 자신은 착하다고 떠들고 다니던 사람이 결국은 더 착해지려고 한다. 인간은 그래도 언행일치를 하지 않으면 불행하다고 생각한다. 실제 또 그렇게 살면 불행하다. 그리고 인지부조화(認知不調和)를 잘 견디지 못한다, 그가 정상이라면.

　인간은 다분히 자기중심적이라는 것, 인간 세상은 부조리(不條理)하고 불평등하며 위선적이라는 것, 이런 부정적인 것을 인정하며 비록 불가능할지라도 그것을 개선하려고 노력하는 게 오늘을 더 행복하게 사는 비결일 것이다. 그것은 인간의 이상이고 보편적 가치이며, 결국 나아가야 할 정치적 올바름(Political Correctness)이다.

인간관계에서 가장 중요한 것은

가족이 아닌 그냥 직장 동료로서 그들과의 관계에서 가장 중요한 가치가 무엇일까? 그러니까 그 관계를, 그 사람을 생각할 때 욕을 하는지, 아니면 그와 같이 있는 게 좋은지 하는 것으로 판단하면 될 것 같다.

그리고 남에게 그에 대해 말할 때 잘 보이지 않는 것까지 찾아내서 가능하면 좋게 말하는지, 아니면 당사자 없는 데서 욕할 수는 없고 "그냥 좀 그래."라고 말하는 것에서 판가름 나는 것 같다.

그리고 그가 어려움에 처했을 때 심적으로나 물적으로 뭐든 위로하고 싶은지, 아니면 그가 그렇게 된 것에 무관심한 것은 물론 오히려 올 것이 왔다며 자업자득(自業自得)이라고 생각하는지.

그에게 좋은 일이 생기면, 남이지만 그래도 역시 평소에 노력한 덕분이라고 생각하는지, 아니면 왜 저런 자에게 그런 게 굴러왔는지 세상 공평하지 않다며 다음엔 꼭 불운이 그를 방문하라고 바라는지. 무엇이 사람들 사이에서 작용해서 이렇게 갈리는 걸까.

'신뢰(信賴)'라고 생각한다. 그 상대가 믿을 수 없다고 생각되면 그에게 뭔가 주더라도 계산(計算)을 먼저 하고 준다. 상대가 계산하는 듯이 굴면 나도 계산을 하게 된다.

대신 신뢰가 가고, 예상되는 것이 예상대로 되고, 일시적으로 실망하더라도 그에게 풍기는 진실된 점, 그만 가지고 있는 가장 중요한 요소가 그에게 그대로 남아 있거나 유지되고 있다고 생각되면 우리는 여전히 아무 계산 없이 상대에게 주려고만 한다. 줘도 절대 아까워하지 않는다.

믿을 수 없는 존재라고 판단되면, 그 상대에 대한 관계는 일시적으로만—꼭 계산해 넣어서— 유지하려 하고 (가능하면 다신 엮이지 않으려고 한다. 겁나서가 아니라 더러운 똥을 피하려고), 그가 나에게 이익이 되는 순간만, 이익을 바라서만 그냥 마지못해 준다. 절대 그냥 주는 게 아니라 받을 수 있는지 계산하고 준다.

상대를 값으로 매겨 그에 상응하는 것만 그것도 내가 밑지지 않는 선에서만 준다. 가능하면 그와의 관계를 지속하려 하지 않는다. 둘 사이에 계산만 존재하기 때문에, 일단 그가 피곤하다. 신경 쓰이는 자가 주변에 있으면 괜히 긴장된다. 그가 지금 나를 계산하고 있다고 생각하기 때문이다. 그냥 아무 생각 없이 편한 사람이 곁에 있기를 바란다, 언제나. 믿을 수 있는 신뢰 관계에 있는 사람에겐 생각 없이 마구 퍼주기만 한다. 그래도 내가 손해 보는 느낌이 전혀 없다.

혈연이 아닌 남과의 관계에서 믿을 수 있다는 '신뢰'가 가장 중요한 것 같다.

02

바라는 게 뭐야

내 말을 들어줘서 고마워

　남자는 여자보다 일찍 죽는다. 그 이유가 남자는 남에게 자기의 아픔을 말하지 않아 그렇다고 생각한다. 여자는 남에게 자기 마음을 어떤 식으로든 털어놓는다. 대신 남자는 약하게 보이면 우습게 볼까 봐, 강해 보이지 않아 여자의 선택(남자가 여자보다 키가 더 큰 이유는 여자가 자기를 보호할 것 같은 남자를 선택한 결과의 축적이라 한다)에서 밀려날 게 두렵고, 또 전통적으로 눈물을 보이지 말라고 들어와서 마침내 어디에도 하소연할 곳이 없어 서서히 병들어 가기 때문이란다.

　그런 걸 적절히 표현해야 하는데, 일상에선 어디에 풀 곳도 마땅찮다. 남자가 공식적으로 풀 곳은 전쟁터밖에 없다. 전쟁이라도 일어나지 않으면 남을 해치거나 살인도 저지르는데, 그런 건 대부분 남자가 저지른다. 성격도 사납다. 풀 곳이 없기 때문이다. 그러나 원시시대처럼 살인은 하지 못하게 되고 폭력도 사회에서 용납이 안 된다. 사회로부터 영원히 격리될 수도 있기 때문이다. 그리고 전쟁이 일상도 아니다. 대신 그 울분을 풀어야 하는데 그러지 못하고 약하게 보이는 게 꺼려 그게 암 덩어리로 변해 남자의 몸은 썩어간다.

한편, 여자에겐 커뮤니케이션이 중요하다. 그건 필요에 의한 것 같다. 남자는 들로 나가 농사를 짓거나 사냥 때문에 마을에 없다. 마을을 지키는 건 여자의 몫인데, 남과 가만히 있을 수는 없고 대화를 하고 서로 돕고 도움을 받아야 해서 남의 눈치를 보게 되고 나만 있는 것도 아니고 자식도 있어 그게 자연스럽다. 그런 곳에서 혼자 독불장군으로 살 수는 없다. 그래 여자가 대부분 사회성이 좋다. 남에 대한 반응이 빠르고 적절하고, 목소리가 더 듣기 좋고, 얼굴이나 전체적인 실루엣이 남에게 더 호소력 있는 것도 그래서 그런가.

남자는 사냥감만 쫓으면 그만이지만 여자는 아이도 봐야 하고 가까이에 있는 열매도 따야 하고 사냥감을 말려야 하고 옷감도 지어야 하고, 하여간 혼자 못한다. 협업이 필수다. 여자의 대화와 커뮤니케이션은 이렇게 필요에 의해 발달해 온 것 같다.

또 도움을 받기 위해 자기 입장과 처지를 잘 표현해야한다. 자신의 지금 상태를 남에게 알리는 기술이 요구된다. 좋으면 좋고, 싫으면 싫고, 아프면 아프고 이런 것의 적절한 감정 표현기술이 축적되어 여자가 더 말을 잘하게 된 것 같다. 남을 본 기억력도 탁월하다. 본 사람의 특징을 더 잘 짚어낸다. 결과적으로 남에게 자기를 더 많이 표출하니까 속에 쌓이는 것도 줄었을 것이다. 몸에 나쁜 것은 그때그때 배출해야 한다. 그런 것에서 확실히 여자가 남자보다 뛰어나다. 대개는 여자의 목소리가 더 작음에도 더 듣기 좋고 멀리까지 가는 것도 옆에 있는 남과의 관계 조정 때문인 것 같기도 하다. 그리고 또 본인도 목소리 좋은 남자를 선호한다.

여자들이 하는 말을 들어보면 결국 자기 얘기다. 어떻게 보면 자기 얘기를 더 많이 하기 위해 상대방 앞에서 얘기를 들어주고 공감하고 이해하는 제스처를 취하는 것 같다. 자기 얘기를 하면 속이 시원하고, 뭔가 통하지 않고 맺혔던 게 풀린다. 이 맛을 여자들은 제대로 안 것 같다.

남자들은 맛을 모르는 것 같고 실제 해보니 효과도 별로인 것 같아 즐겨 하지 않는다. 아니면 아직은 그것을 함으로써 잃는 게 더 많다는 것을 알거나. 남 앞에서 말을 해서 속 시원한 것보단 말을 많이 함으로써 신뢰를 잃거나 덜떨어진 인간이라는 남의 시선을 견디지 못하기 때문이다. 남자는 말을 해서 얻는 것보다 잃는 게 많아서 더 안 한다. 그런데 그게 결국 자기 수명에 영향을 준다는 게 문제지만.

일전에 어떤 여자에게서 이 소리를 듣고 나는 깜짝 놀랐다. "내 말을 들어줘서 고마워." 들어줘 고맙다니? 이해가 안 갔다. 그러나 지금은 알겠다. 상대 앞에서 말을 하면 여자들은 속이 시원해지고 불안했던 게 많이 사그라드는 것 같다. 남자보다 훨씬 더 많이.

인간은 왜 신을 만들었을까? 신을 만들었다는 것은 내가 보기에 인간이 먼저지 신이 먼저인 게 도저히 아닌 것 같다. 신이 먼저 있어 인간을 창조했다고? 내가 보기엔 인간이 있고 자기가 완전체인 뭔가가 필요해 오히려 신이 인간에 의해 창조된 것 같다.

인간의 원죄적인 불안 때문에 절대적인 것에 의지하기 위해 그런 것도 있을 수 있고, 또한 불완전한 존재이기 때문에 뭔가 완전한 존재에게 소원을 빌기 위해 만든 것일 수도 있겠다. 완전체인 신은 인간의 이상일 수도 있다. 그러나 나는 인간이 신을 만든 이유가 여러 사람 앞에서 하는 기도, 마을의 안녕, 다산, 풍요, 이런 것보다 은밀한 신과의 단독 대화에서 내 얘기를 들어줄 것 같은 기대 때문이 아닐까 한다.

그러니까 신에게 드린 기도의 효과로 나타나는 소원 성취보다, 내 하소연과 넋두리를 가만히 들어주기만 하는 신이 나를 진정 이해하고 위로한다고 생각하기 때문인 것 같다.

내가 그 앞에서 실컷 떠들기 위해, 내 말을 귀담아 들어줄 완전체를 인간이 고안한 결과가 신의 탄생인 것 같다. 신을 앞에 세워놓고 내 하소연을 실컷 하는 것이다. 신은 내 말을 듣기만 한다. 실은 어떤 지시도 내리지 않는다. 남편이나 부모, 자식, 친구, 그 누구에게도 하지 못하는 내밀하고 수치스러운 것도 가만히 듣고만 있는 나만의 위대한 신, 그에게 나는 어리광을 부릴 수도 있다. 그는 어떤 말도 들어준다. 겉으로 하는 말과 내 속마음까지도 신이 알아주고 들어준다고 생각하는 것이다.

그가 내 말을 들어줘, 고맙고 그것 때문에 나는 신이 필요하고 몸과 마음의 병도 나은 것 같다. 이것조차도 여자들이 더 적극적이다.

빈털터리가 더 순수해

드라마나 영화의 악인이 하는 말이 더 잘 맞을 때가 많다. 정상인은 주변을 의식하며 자기를 정당화하며 살지만 이들은 현실의 진실을 있는 그대로 입 밖으로 내지른다. 그래 이들의 말에 더 신뢰가 가고 이들의 행동에 더 관심을 갖게 되는 것이다. 그래 이들을 영웅시해 따르는 자들도 많다. 이들은 다른 건 고려 없이 사실을 있는 그대로 표현한다. 재지 않고 조건도 없다. 아마 더는 잃을 것이 없어서일 거다. 오직 한 가지만을 향해 있다.

영화 『세븐』의 악인, 케빈 스페이시와 『다크 나이트』의 히스 레저가 이런 자들이다. 드라마 『모범택시』에서도 법망을 빠져나가는 절대 악인들을 개인들이 처단하려 한다. 그들은 순수하기까지 하다. 단 한 가지만 가지고 그들은 간다. 반면 일반인은 가진 게 많아 이것저것 재고 머리를 굴린다. 뭔가 명료하지 않고 쓸데없이 복잡하다.

또 정상인은 특성이 없다. 열 사람 중 한 사람이다. 아

무나 골라도 그 사람이 그 사람이다. 이들이 하는 말은
무슨 말을 하는지 잘 알겠고 현실적으로 지당하신 말씀
이나 그래 뭐 어쩌자는 건가? 해결의 끝이 안 보인다.
한 자리에서 뱅뱅 돈다. 뚫고 나가지 못한다. 결국 자신
의 하소연과 넋두리뿐이다. 그냥 지금 사는 세상의 디테
일만 있을 뿐이다.

실은 인간이 사는 세상, 해결되는 게 뭐 있겠나. 그럭
저럭 살다가 그냥 가는 거지.

비록 여러 명 중 하나로 살지만, 그렇게 살다 가는 건
뭔가 덧없고 허망하다. 앙꼬 없는 찐빵이다. 다들 그렇
게 사는 거지만 또 그렇게 살다 가는 거지만, 그래도 한
번 사는 인생, 그걸 잘 알지만 실현은 안 되지만 '뭔가
정해 그리로 가고 싶은 것'도 사실이다.

"나는 나의 참회(懺悔)의 글을 한 줄에 줄이자.
만(滿) 이십사 년 일 개월을
무슨 기쁨을 바라 살아왔던가."

"오월 어느 날 그 하루 무덥던 날
떨어져 누운 꽃잎마저 시들어 버리고는

천지에 모란은 자취도 없어지고
뻗쳐오르던 내 보람 서운케 무너졌느니
모란이 지고 말면 그뿐 내 한해는 다 가고 말아
삼백예순 날 하냥 섭섭해 우옵네다.”

윤동주의 『참회록』과 김영랑의 『모란이 피기까지는』.
조선 독립과 모란의 개화처럼 '뭔가 정해 그리로 가고
싶'다.

이 '그리로 가는 것'에 적합하다 할 수 있는 자들이 드
라마나 영화 속의 악인들(빌런)이다. 그들은 거침이 없
다. 진실만을 말하는 것 같고, 재는 법이 없고 순수하
다. 그들의 말과 신념엔 군더더기가 자리 잡지 못한다.
그들을 이길 수 없다. 덤벼도 궁색하기만 하다.

빌런은 하고 싶은 말, 다 한다. 말에 자기 검열이 없
다. 그러나 주인공은 이 말을 해도 될까, 누군가에게 상
처 되는 건 아닌가 스스로 심히 주저한다. 이것에서 이
미 승부가 갈린다. 『세븐』에서도 케빈 스페이시의 논리
에 브레드 피트는 쩔쩔맨다.

대개 주인공은 지금, 현재의 틀에서만, 법의 테두리와
상식선에서만 정의를 말한다. 현 체제의 수호자이자 나

팔수다. 이것도 고려해야 하고, 저것도 고려해야 한다. 한계가 있다. 그런 식이면 기존 틀이나 관념을 다 벗어던진, 자들의 논리에 대적할 수 있을까. 더 위의 것이나 본질, 스케일을 더 키운, 아무런 고려 없이 진실만을 말하는 그들에게 그 밑의 것만 떠드는 자들이 이길 수 있을까.

주인공은 자기가 누린다고 생각하지만―그러나 이미 충분히 포섭된―체제의 틀 안에서만 생각한 걸 말해야 하고, 이것저것 재지 않을 수 없으니, 경계가 없는 생각의 무한 확장을 펴는 자에게 과연 이길 수 있을까. 그는 아마도 그 말을 하면서도 어떤 깨달음에 새롭게 도달할지도 모른다. 그의 생각과 말은 이처럼 우주의 대폭발로 무한 이어진다. 그의 생각엔 거칠 게 없다.

빌런들은 이미 낚시터에서 한가로이 낚시를 즐기고 있다. 주인공은 그 낚시를 하기 위해 기존 틀 속에서 헤매고 있다. 하여, 그들의 논리에 함몰되고 만다. 자기가 지금 그러는 건 나중에 유유자적 낚시를 하고자 함이다. 사회에서 그냥 아등바등한 맛으로 살아가는 건 모르겠지만.

주인공의 말과 생각은 기존 틀 안에 갇혀 있다. 그 위의 세계가 무궁무진하다는 걸 모르고, 그걸 벗어나지 못한다. 그 위의 존재조차 모른다. 그러니 누구라도 같은 말을 한다. 전부 프레임 안에서 통용되는 말들뿐이다. 해결의 기미가 보이지 않는다. 물을 가장 잘 아는 건 어항의 물고기가 아니다.

빌런들은 아쉬울 게 없다. 그들은 아무것도 가지지 않았고 그들 스스로도 자기 역할이 정해져 있다, 한다. 마치 무슨 운명처럼 여긴다. 생각과 말의 펼침에 끝이 없다. 그 확장성을 가늠하기 힘들다. 그들의 속에선 껍데기를 걷어낸 알맹이만 나온다. 그러나 정상인은 손에 들고 있는 게 많고 프레임 안에 갇혀 있어 기득권의 주장만 되풀이한다. 기존 체제에서 떠드는 것만 앵무새처럼 되뇔 뿐이다.

악당의 말이 맞다 해도 그렇게 살면 현실에선 감옥 간다. 그러나 그들의 말을 듣고 있으면 속이라도 시원하다. 법의 테두리를 벗어나 악을 처단한다. 그들은 한 지점만을 향해 가고 아무것도 현 사회에서 가진 게 없어 그 방향으로만 갈 뿐이다. 그래 그들의 말에 솔깃해지는 거다. 매료된다. 그들의 말은 용납되진 않지만, 사회의 어둠을 제거하려 한 그들을, 거울 삼이 반성해야 한다. 그들은 부조리한 인간 세상을 뒤엎으러 왔다. 현실적으로 해결이 안 되는 것을 그들의 방식대로 해결하려 한 것이다.

분명 부조리한데 현실 세계가 제대로 못 하니 그들이 나선 것이다. 이 세상이 그들을 양산한 것이다. 세상은 정신병자가 하는 헛소리라고(세상이 잉태한 것인데도) 그들의 말을 무시하면 안 된다. 그러면 되풀이될 뿐이다. 반성하고 성찰해 하나하나 고쳐 나가야 한다. 그들은 우리 자신을 돌아보게 했다. 기회를 준 것이다(그들은, 자신이 이 세상에 기회를 주기 위해 왔다고, 그게 자신들의 역할이라 말한다. 그래서 바라는 건 없고 그것만 하면 끝이라 한다).

  세상이 그러지 않으면 이런 자들이 나올 수도 없고, 나와서 이 세상은 자신이 꼭 필요하다, 고 떠들지도 못할 것이다. 이들은 이 사회가 낳은 괴물 자식들이다. 물론 세상이 쭉 이대로이면 세상을 닮은 이런 자들도 그대로 이어질 것이다. 세상은 그런 자들을 계속 낳을 것이다.

  원래 자신이 행복하면 행복을 위해 그렇게 매달리지 않는다. 지금 사회가 불행하고 지옥 같으니까 더더욱 행복을, 꼭 나만은 잘살려고, 부르짖는 것이다. 이 지옥불에서 탈출하려고.

  영화도 드라마도 우리에게 이런 메시지를 전하려 하지 않았을까.

자기는 욕하면서
왜 남이 욕하는 건 싫지?

이런 게 있다. 남편하고 사이가 안 좋다. 그래 딸들도 자기 아빠를 안 좋게 말하고, 친구들도 똑같이 그런다. 같이 편들어 욕하는데도 왠지 속은 시원하지 않다. 자기 인생을 부정당하고 있다는 느낌 때문이다. 잘 모르는 남을 향해 같이 욕하는 것과는 다르다.

뭐야, 이 이중적인 감정은? 같은 인간인데, 왜 자기는 욕해도 되고 남은 안 되나. 분석해보면, 우선 자기애 때문이다. 그래도 자기가 선택한 인간인데 너무 남들이 잘 알지도 못하면서 그냥 겉으로만 보이는 것으로 자기가 욕한 것만 가지고 평가하는 게 잘못됐다는 것이다. 그 사람은 실은 자기가 너무나 잘 알고 많이 알기 때문에 남들이 함부로 나쁜 것만 지적하는 그런 사람은 아니고 (그 욕으로만 표현되는, 그 액면 그대로의 그 자체는 아니고) 더 많은 것을 이것저것 가지고 있다고 생각하는 것이다. 그렇게 그냥 나쁘다고 평가하고 말, 단지 그런 사람은 아니란 거다. 그게 전부는 아니란 거다. 자기에겐 그와 같이 지낸 나쁜 정과 좋은 정이 섞여 함부로 재단해도 좋을 그런 사람은 아니라는 거다. 우리 사이엔 남들이 모르는 단단한 뭔가 더 있기 때문에 내가 하는 그 욕만으론 그가 그런 취급당하는 위험은 없다는 거다. 그러나 아무것도 모르고 하는 남들의 욕은 충분히 그럴 위험이 크다. 그와 나는 애증(愛憎)의 관계에 있다. 한 마디로 뭐라 표현하기 힘들다. 부부가 이혼해도 단칼로 쉽게 끊어지지 않는 건 이런 이유 때문이다.

그래도 자기가 선택한 사람인데 그를 욕하고 하찮게 여기는 건 자기의 안목을 그렇게 보는 것이고 자기가 그와 지금까지 같이 산 세월이 있는데 그걸 다 송두리째 부정당하는 것 같아 그들은 우리 사이를 잘 알지 못하니 그럴 자격이 없다는 것이다. 나는 그럴 자격이 있지만, 그들은 그럴 수 없다. 같은 욕을 해도 그의 좋은 점도 생각하며 하는—그의 전부를 내가 이미 알고 있는—것과 겉으로 보이는 점만 보고 하는 건 다르다는 거다. 같은 욕이지만 같을 수 없다는 거다. 내 욕은 그를 아는 바탕에서 하는 욕이라서 그에게 치명적이지 않지만, 남이 아무것도 모르고 하는 욕은 모르는 남이 들으면 죽일 놈으로밖에 해석되지 않기 때문이다.

100에서 좋은 일을 80, 한 사람에게 하는 욕이 −30을 깎아 먹어 그는 그래도 50은 좋은 일을 한 게 남으니까 괜찮지만, 아무것도 모르는 사람이 한 욕으로 그가 단지 −30으로만 남는 건 뭔가 잘못됐다는 거다. 마이너스 인생일 것까진 없다는 거다. 그럴 수는 없다. 우리가 서로에게 욕하는 건 우리에게만 허용된다는 거다. 우리 외엔 그 누구도 우리에 대해 말해선 안 된다는 것이다. 잘 알지도 못하면서 함부로 남을 간단하게 재단(裁斷)하지 말라는 것이다. 결국 자기가 그런 말을 들으니 자기만 초라해지므로 그걸 당장 집어치우라는 거다.

자기와 그래도 오랫동안 같이 한 사람인데 어쩌다 미워졌지만 자기는 그에 대해 욕을 해도 남이 그를 욕하면 그럴 정도는 아니라며 그를 두둔하고 싶기도 해진다. 자기가 욕하는 그를, 남들에게 변호까지 하고 싶어진다. 자기는 그를 남보다 많이 알아 그에 대해 말할 수 있지만(내가 그에 대해 하는 말도 말이 다가 아닌 것을 알지만, '말이 다가 아닌 것을 아는' 이게 중요하다, 남들은 말이 다가 아닌 걸 모른다, 말 그대로 인 줄로만 안다, 말 이외에 표현 안 된 것도 많다. 그래서 남은 그에 대해 말을 하면 안 된다는 거다), 남에 의해 그가 마음대로 평가되는 걸 받아들일 수 없다는 거다. 그와 나 사이에 뭔가가 아직은 완전히 사라진 건 아니기 때문이다. 그리고 또 그는 자기 선택이므로 그런 말은 결국 자기를 욕하는 것이므로 그렇지만은 않다고 남들에게 그의 편을 들어주고 싶기까지 하다.

인간은 복잡하기 때문에 일반화해서 남들과 같이 도매금으로 취급되는 것을 싫어한다. 자기의 색깔이나 정체성(正體性)이 거기서 빠져 자존심이 훼손되고 그것을 잃으면 더는 힘 있게 살아갈 자신이 없어 그러는 거다. 그것 때문에 완전히 무너지는 자신이 겁나는 거다. 나름 살아남기 위한 몸부림이다. 남들과의 사이에서 기죽고 살기 싫다. 그래도 한때는 자기를 지탱해 주던 것인데, 남들이 함부로 평가하는 바람에 내가 더는 서지 못할 것 같아서다.

지금도 힘든데 겨우 지키고 있는 내 자존심을 그들이 난도질하면 나는 어찌 살라고 하는 소리를 그들에겐 차마 하진 못해도 내가 나에게는 하고 싶은 거다. 더는 그런 소릴 듣기 싫다고, 그런 소릴 계속할 거면 내 멘탈이 붕괴되어 살아갈 힘을 다 잃는다고, 그들의 입을 당장 틀어막고 싶은 것이다. 나를 지탱해 주는 것들을 함부로 훼손하지 말라고.

누구나 자기와 자기와 같이 산 인간, 지금까지의 자기 삶을 부정하는 사람을 용서할 수 없는 것이다. 상대를 욕하는 건 나 이외에 그 누구도 허락할 수 없다. 같이 오래 산 관계는 여러모로 간단하지 않다.

같이 살 것인가
따로 살 것인가 아니면 중간

인간으로 태어난 이상, 인간들에게 둘러싸여 그들과 영향을 주고받으며 살아갈 수밖에 없다. 내가 신이나 천재라고 생각하며 그들과 따로 떨어져 사는 것은 거의 불가능하다. 내가 그런 게 아니어서도 그렇지만, 인간에겐 소속과 인정욕구가 있기 때문이다.

매슬로우가 말한 것처럼 우리 인간은 생존, 안전, 소속감, 존중, 자아실현의 욕구 단계를 거쳐야 한다. 물론, 개인차가 있겠지만 대부분 인간은 여기에 속한다. 그냥 이전 단계를 건너뛰고 자아실현을 하는 것은 불가능하다. 다른 인간들이 인정해주지 않기 때문이다. 그럼, 나만 믿고 나의 세계에 빠져 그것을 기록으로 남겨 내 뜻을 아는 자가 몇 백 년 후에 나타나 그 뒤를 이어갈 것을 희망하며 그저 나만 실현하며 살아야 하나. 그러려면 걸림돌이 한두 가지가 아니다. 왜냐면 인간으로 태어난 원죄(原罪)가 있기 때문이다.

인간 중에도 출세한 자들은 다른 인간을 동정하지 않아―거의 사이코패스 수준―그렇게 된 것인데, 하물며 그렇지 않은 내가 자기만 실현하고 다른 인간과 거의 관계를 끊고 살아갈 수 있을까. 그 나만의 세계를 그냥 계속 기록이나 하고 살아갈 수 있을까. 노자가 말한 안방에 앉아 천하를 안다는 식으로.

인간에 휩싸여 마음의 찌꺼기를 지닌 채 살아갈 것인가, 아니면 사이코패스(그러나 '비밀의 숲'의 조승우처럼 남에게 해를 끼치지 않는)처럼 그저 자아실현만 하며 살 것인가. 그 중간은 어떤가?

내가 사이코패스면 그냥 다른 인간들과 담을 쌓고 자기 할 것만 하면 된다. 그런데 나는 사이코패스가 아니다. 내가 소속되어 있는 이 사회를—사이코패스가 아닌 평범한 인간이기 때문에— 절대 무시하며 살 수 없다. 언제나 서로 얽혀 있고, 서로 간섭하기 때문이다. 어떻게 해서든 관계가 나에게 영향을 준다.

어쩔 수 없다는, 이것에서 출발해야 한다. 내가 평범하지 않으면 평범한 자들은 나를 방해한다. 그들이 일부러 방해를 안 해도 나는 평범의 범주에서 벗어나 있지 않기 때문에 그들에게서 벗어날 수 없다. 나는 영향을 받는다. 나는 사회를 떠나 살 수 없다. 이게 전제되어야 한다. 나는 평범한 인간이라는 것을.

그렇지만 나를 절대적으로 실현하고자 하는 욕망이

너무 강하면 방법은? 평범한 사람처럼 행동하고 나중에 본색을 드러내는 것이다. 그런 위인들이 많았다. 거시적으로 행동한 것이다. 아니, 자기가 너무 소중하고 자기가 가진 게 너무나 소중해서 그런 것이다. 나는 거의 신이고 천재이기 때문에, 이 분야만은 거의 미친 생태이기 때문에 그냥 썩힐 수 없다고 결론이 나 있어 실현해야 한다고 믿는 것이다. 아니, 그보다 그것을 안 하면 더는 생존할 수 없다는 운명적인 것에 도달한 것이다. 그들은 안 하면 제대로 인생을 살아갈 수 없다. 그는 그렇게 살아가야 해서 그런 것이다. 그것밖엔 길이 없다.

그 위인들은 어떻게 했나? 바로 평범하지 않은 그들의 재능을 평범한 사람들을 설득하느라 허비하지 않고 다 이룬 다음 본색을 드러내는 방법을 썼다. 그들을 설득하여 그들의 지지 속에 이뤄도 되지만 그럴 시간이나 에너지가 없어 할 수 없이 그들 스스로 내린 결론대로 한 것이다. 하지만 결과적으로 그들의 선택이 옳았다. 그러지 않고 적당히 현실과 타협했다면 그들의 위대성은 역사 속으로 사라지고 말았을 것이다. 다른 사람같이 평범하게 살면서 자기 소중한 에너지를 비축한 것이다. 자기들의 비범함을 숨기고 몰래 자기들의 세계로 빠진 것이다. 그러면서 일상에서 자기의 뜻을, 자아를 실현한 것이다.

기존 틀이 역겹지만 그냥 받아들이는 척하며, 평범하게 사는 척하며, 뒤에서 자기의 뜻을 맘껏 펼친 것이다. 다 편 다음엔 나중에 자기를 사회가 어찌─그들이 사회에서 추방되어도 그들의 연구 결과는 이미 세상의 빛을 본 뒤이다─ 못 할 때 사회비평을 한 것이다. 물론 그들의 말은 처음엔 사람들이 알아듣지 못하고, 이해받지도 못했다. 그러나 그들은 이미 그 연구에 온 정열을 쏟아 그 결과는 이미 효과를 보고 있고 이제 그들 자신은 재만 남아 그들을 이제 와서 없앤다 해도 늦은 건 마찬가지가 되었다. 그들을 죽이려고 벌떼처럼 몰려들어도 이미 늦었다. 이미 '자아를 실컷 실현'한 후이기 때문이다. 자기가 낸 것에 온 에너지를 쏟아 그 자신은 이미 재와 같이 되었다. 그 위대성이 발휘되었다.

 나도 사이코패스도 아니고 그냥 평범하지만 이런 식으로 자아를 이 세상에서 실현하고 싶다. 그냥 내 꿈이지만.

내 겉면만 보니 억울해

사람은 나는 실은 안 그러니까 나를 제대로 알아봐 달라고 한다. 같이 사는 부부는 꼭 말을 해야 아느냐, "척 보면 몰라?", 한다.

왜 그런 오해가 생길까. 자기는 자기와만 늘 같이 있기 때문이다, 남과는 그러지 못하는데.

잘 때도, 밥을 먹을 때도, 영화 볼 때도, 화장실에 갈 때도, 진짜 화가나 누구를 죽여버리고 싶을 때도, 무력감이 들어 내 자신이 싫어질 때도, 여러 군데 합격해 기분이 날아가고 세상이 전부 내 아래 있는 것 같을 때도, 권력을 잡아 권력의 맛을 알 때가 되니 모두가 고분고분해서 저 예쁜 비서도 나에게 늘 살갑고 고분고분하니 잠시 여자 같아서 나를 늘 챙겨주니 마치 자기를 좋아하는 것 같아 이성으로서 왠지 오늘따라 센티해져서 한 번 그래본 것일 때도 자신은 늘 자기와 같이 있다, 남이 아니라. 나는 늘 나와 같이 있다. 내 육체와 나를 컨트롤하는 영혼이 늘 같이 있다.

나는 내 스토리가 있다. 나를 충분히 알게 하고 이해

하게 하고 충분히 공감 가는 맥락이 있는 것이다. 내가 왜 그러는지 잘 안다. 그러니 나는 충분히 그럴 수 있고, 그럴만하다.

그러나 나도 남을 겉만 본다. 그의 입장에선 그도 나를 겉만 본다. 하지만 남은 내 입장에서 보면 나처럼 내 마음을 쉽게 알 것 같은데 꼭 귀찮게 말을 해야 알고 그 것도 제대로 이해하지 못할 때도 있다.

그러나 나 외엔 남은 나와 늘 같이 있지 않으므로 나를 잘 모르고 그래서 겉으로 드러난 것만으로 판단하는 것이다. 거기다가 거기에 보는 사람의 선입견도 끼어든다. 속상하게도 그는 내 이면을 모른다. 그의 몸에서 그의 영혼이 빠져나와 유체이탈이 일어나 그의 영혼이 내 몸으로 들어올 수는 없기 때문이다. 그는 나와 늘 같이 있지 않다.

그리고 나는 유일하고 고유한 나인데 나를 그냥 쉽게 어떤 부류 속으로 속 편히 집어넣어 버린다. 그냥 일반화시켜 버린다. 혈액형이나 별자리로 분류해 버리거나 정규직 무능한 중년남으로 여긴다. 속상하다. 실은 나는 그렇지 않은데 그래 버리니 억울하다.

대부분의 인간은 그 이면이 아니라 겉으로 드러나는 것만 가지고 판단하고 그것과 함께 그냥 살아간다. 자기

일도 바쁜데 남 일에 신경 쓸 에너지와 시간이 없기 때문이다. 실은 내 손톱 밑의 가시가 더 신경 쓰이지 팔레스타인이나 미안마, 아프가니스탄, 기후 위기는 나에게 솔직히 절박하지 않다. 인간은 기본적으로 그러니 그것으로 왜 나를 제대로 모를까 고민해봐야 소용없다. 인간은 솔직히 서로 이해 불가다. 감히 이해한다고 덤벼봐야 결국 절망만 따른다. "너를 이해해." 거짓말이다. 자기 일이 더 절박하다.

인간은 서로 겉으로만 판단하고 좀 알더라도 일반적인 범주에 나를 집어넣어 버린다. 원래 그렇다. 나도 그렇고 남도 나를 그렇게밖에 보지 못한다.

그래서 실은 같은 부류끼리 그들이 그나마 나를 좀 더 아니까 연대하려는 것이다. 우린 그것을 무의식적으로 늘 추구한다. 쉽게 유유상종이다. 그게 나를 위하고 인류를 위한 것이면 적극적으로 뭉쳐보자. 그것만이 남과 함께 잘 살 수 있는 길 같다.

부모와 자식 관계

본격 이야기에 들어가기 전에.

자, 보자. 나는 계속 그러고 있지만, 누구의 생각도 고려하지 않고 날것의 내 생각을 그냥 이 글들에 뱉고 있다. 언제 이런 게 가능할까. 거의 없으니 해보는 것이다. 나는 글을 쓰는 사람이다.

나는 누구에게 대들 때, 글을 쓰는 사람은 정상이 아니라고, 이상한 사람이라고 말한다. 그게 당연하다고 말한다. 글 쓰는 사람은 정상일 수 없다고 말한다. 대개 다수가 아니라 소수에 속한다.

그가 정상이고 지나치게 상식적이고 그런 그가 글을 쓴다면 그 글은 깊이가 없고 뻔한 이야기만 나열할 것이라고, 그러니 글쟁이인 나에게 정상을 기대하지 말고, 정상에서 벗어난 나에게 정상이 되라고 어떤 조언이나 충고할 거라면 나는 일절 사절한다고 못 박을 것이다. 나는 또한 변하지도 않을 것이고 변할 수도 없다. 이제 변하면 나는 망한다.

나는 작가로서 정상이나 상식, 기존 질서, 주류의 움

직임을 좋아하지 않는다. 그것을 극복하고 가능하면 부수고 진정한 것으로 새로 리셋하고 싶어 한다. 아마도 내가 글을 쓰는 내용엔 이런 게 지속적으로 보이지 않게 표출될 것이다. 나는 그런 생각을 하고 사니까. 생각은 어느 순간에라도 불쑥불쑥 의식하지 못하고 튀어나오는 법이니까. 이런 방향으로 내 펜은 나에게 휘둘릴 것이다. 이런 말을 하지 않으면 나는 더는 쓸 게 없다. 누가 그러는데 개인적인 것이 가장 창의적이라고, 나는 그 말을 신조로 내 글을 견지해나갈 것이다. 그럼, 내 글에 대한 넋두리는 이만 여기서 접고.

어떤 사람이 뭔가 성공적으로 사회적 관문을 통과했다. 그런데, 과연 그것을 진정으로 기뻐하는 사람이 이 세상에 누가 있을까. 물론 겉으로야 주변 사람 모두 축하한다고 할 것이다. 나는 사실 그건 부모밖에 없다고 본다. 남은 그냥 형식적인, 입에 바른 말들이지만, 부모는 '진심에서 우러나와 자식과 함께 좋아할 것'이다. 아마 더 기뻐할지도 모른다. 자식이 잘하면 너무 좋은 나머지 눈물까지 흘린다. 과연 이런 관계가 이 세상에 또 있을까. 아마 없을 것이다. 천륜(天倫)이기 때문이다. 부모의 진정한 기쁨은 자식이 잘 되는 것이다, 어쩌면 자기 자신보다도.

상대가 상(喪) 같은 것을 당하거나 어디 다치거나 시험에 떨어졌거나 하면 위로는 누구나 한다. 내가 사람을 좋지 않게 봐서 그런 것일지도 모르지만, 아마도 그가 질투의 대상이었다면 자기보다 사회적 지위가 하락한 것에 대해 그 순간 반대로 안도할지도 모른다. 그 불행이 나를 피해 그에게만 왔다고. 속으로는 좋아할지도 모른다. 그런 게 없는 게 아니다. 인간 안엔 질투와 시기와 증오라는 감정이 분명 들어 있다. 어떤 안 좋은 것을 목격하고 나는 그 대열에서 열외된 것에 대해 안도할 것이다. 가슴을 쓸어내린다. 그러나 그 대열에 끼면 왜 나만 이렇게 되었나 하고 누군가를 원망한다. 그 누군가는 자기가 싫어하는, 질투의 대상일 것이다.

만약 상대가 그가 원하던 것을 통과한 것을 알았을 때 그의 부모처럼 진정 기뻐하는 사람이라면, 그는 그 상대에게 그 무엇과도 바꿀 수 없는 좋은 친구다. 그러나 그런 사람은 별로 없다. 지금과 같은 각자도생의 세상에선 특히. 만약 있다면, 그에게 그 누구보다도 진심으로 잘해줘야 한다. 이 세상을 살아가며 인간 중에 그런 사람을 만나는 게 어디 쉬운가. 자기에게 그 사람은 이 세상에 단 한 사람, 그 사람밖에 없을 것이기 때문이다.

그런 사람은 아마도 자기와 뜻(아주 큰 뜻)을 같이 하는 사람일 수 있다. 가치관도 같다. 그가 사라지면 나의 그런 것도 사라진다. 그가 반드시 있어야 한다. 그걸 같이 이루는 것이다. 자기와 비슷한 기질이나 경험을 가졌거나 매사에 느끼는 게 비슷하거나, 그러니까 그는 자기를 대변하는 사람이고 그도 자기를 그렇게 생각할 것이다. 사람은 자기를 알아주는 사람에게 잘한다. 목숨까지 바친다. 자기를 무시하고 항상 낮게 보는 사람을 좋아할 수 있을까. 지쳐 중도에 포기한다. 인간은 강하지 못하다. 현실을 외면하지 못한다.

또 아이는 부모를 무장 해제해 버린다. 살며 이런 걸 또 어디서 맛볼 수 있을까. 부모와 자식의 관계는 그것을 다 나열하기도 쉽지 않다. 좋은 부모는 자식이 하는 일에 무조건 지지하고 응원한다. 걱정되어 잔소리는 할 수 있지만, 진짜는 자식이 하는 일을 돕고자 하고 속으로 영원히 지지한다. 그리고 잘 되면 누구보다도 같이 기뻐한다. 그것도 진심으로. 그런 부모가 자식에게 이 세상을 헤쳐나가는 데 얼마나 큰 힘이 되는지 모른다.

그리고 어린 자식이 무구(無垢)한 웃음으로 퇴근을 맞이하면, 회사에서의 스트레스와 어떤 경계도 풀고 마냥 행복 속으로 빠져든다. 경직된 몸이 이완되고 자식과의 사이에 지금까지 집으로 가지고 온, 무겁게 지녔던 어떤 벽 같은 게 스르르 사라진다. 나를 완전히 놓아버려도 자식은 해(害)가 되지 않고 큰 힘만 된다. 나에게 힘차게 살아갈 힘을 준다. 그 애 때문에 산다고 여기저기 떠들고 다닌다. 딸 바보가 된다. 나에게 전혀 무해하기 때문에 나는 나를 무장해제해 버린다. 그럴 필요가 없는 것이다. 그 존재 자체를 사랑하는 것이다. 그 사이엔 어떤 조건도 없다. 무조건적이다. 인간이 사는 세상에서 과연 이런 관계가 또 있을까? 인생의 진수를 알려면 부모와 자식 관계에 놓여봐야 안다는 말도 있다. 다른 곳에서 알 수 없는 인생의 소중한 경험이다. 부모와 자식이 너무 끈끈하여 부작용도 많은 요즘이지만, 그렇더라도 자식과 진정한 기쁨을 나누는 그 마음은 잘 보호되어야 하고 세상을 향해 더 펴야 한다.

이런 부모 자식 관계와 비슷한 것을 다른 사람과 나눌 수 있다면 그는 이 세상에서 너무나 큰 행운을 얻은 것과 같다. 이 생각이 요즘 세상에 한참 후졌을지도 모르지만, 아마도 인류 조상들이 이런 부모 자식 관계의 그런 맛을 끊을 수 없어 종족 보존이란 본능이 유전자에 강하게 남은 것인지도 모른다. 종족 보존이 먼저가 아니라 이런 관계의 진면목을 맛본 다음에 종족 본능이 인간의 유전자에 아로새겨진 게 아닐까. 이런 맛에 길들여져―이미 중독되어― 종족 본능이 인간의 유전자에 길이 남은 건 아닐까.

부모 자식 관계를 다른 곳에선 찾기가 쉽지 않다. 자기 2세가 없다면 이것을 모르고 사는 것과 같다. 아마 그 사람은 다른 것으로 그걸 채울 수도 있을 것이다, 지금까지 적응해 살아남은 것처럼. 그러나 과연 그게 같을까? 자식이 기쁠 때 부모처럼 진정으로 같이 기뻐하는 이런 마음을 조금이라도 비슷하게 남에게 펴면 아마도 세상은 지금보다 훨씬 좋아질 것이다. 그런 관계는 절대될 수 없더라도 남과 내가 그런 것과 비슷한 관계가 형성되어 있다면 둘 다 진짜 행운아인 것이다. 노력은 해볼 일이다. 너무나도 소중하고 중요한 관계이기 때문에.

숨은 뜻이 더 많다

한 명이 안 좋은 일을 겪은 남자들 술자리에서, 말 안 하고 그냥 넘어가고 그것과는 상관없는 말을 해서 멋있 게 보이려고 하는 사람이 있다. 그의 소식이나 표정, 그 의 생활 맥락을 보면 대충은 알 수 있다. 그러나 그것을 대놓고 말하지 않는다. 상대가 자존심 상할까 봐 그럴 수도 있고 말하는 사람이나 듣는 사람이나 모양이 빠져 그럴 수도 있다. 대놓고 언급하는 것은 뭔가 얕아 보여 그러는 것 같다. 친한 사이일수록 그냥 술이나 마시고 별로 상관없는 짓거리나 하다 헤어지고 그것에 관한 것 엔 짧게 언급하거나 에둘러 표현한다.

그럼 왜 만났나? 그 만남 자체로 그냥 된 것이다. 말 하려는 사람이나 듣는 사람이나 서로를 안 것이다. 말하 려는 사람이나 듣는 사람이나 그 만남 자체로 그 문제에 대해 어느 정도 효과를 본 것이다. 이것으로 위로를 받 고 위로해준 셈이다. 굳이 말하자면 네가 어려울 때 이 렇게 곁에 있어 주는 사람이 한 명 정도는 있다는 것을 보여주는 정도. 솔직히 위로받고 위로해주기 위해 만난 것 아닌가. 방법이 주요한 게 아니라 효과가 중요한 거 아닌가. 소기의 목적을 달성했으면 되는 거 아닌가, 그 방법이 무엇이든 간에. 너무 보이게 위로받으려 하고 위로하면 그 효과가 반감될 수 있다. 공연히 자존심만 상하고 아무 효과도 못 볼 수도 있다. 굳이 구체적으로 말해 말하는 사람이나 듣는 사람이나 안 만나니만 못할 수도 있다. 만나 그냥 술 한잔하며 상관없는 얘기를 주고받았으면 그것으로 된 것이다. 그게 효과적이었다면.

그런데 잘 알고 있어야 한다. 술을 마시며 말하려는 사람이나 듣는 사람이나 그것을 항상 의식하고 있고 그것이 그날의 주제임을 잊어선 안 된다. 술을 너무 마셔 필름이 끊기면 안 된다. 삼천포로 빠져선 안 된다. 그것에 대해 대놓고 말은 안 해도 그것을 위해 이 자리를 마련한 거라는 그 주목적은 갖고 있어야 한다. 너무 술에 취하면 주객이 전도될 수 있다. 그 맥락에서 다른 말을 해도 그것을 의식하며 했으니까 된 것이다. 더 이상은 안 되고 불필요하다. 더 나가면 안 만난 것보다 그 만남이나 주제가 못할 수도 있다.

작가들도 그렇다. 어렵게 쓴다. 빙빙 둘러대며 쓴다. 그냥 그 글을 쓰는 작가만 아는 개인적인 내용을 적기도 한다. 개인적인 게 가장 창의적인 거라면서. 돌직구로 그냥 말하면 작품의 가오가 떨어진다. 애매하게 말함으로써 나중에 책임을 회피할 수도 있다. 나는 그런 뜻으로 한 말이 아니라고 하면 그만이다. 작가가 쓴 글을 독자가 100이면 해석도 100가지라고 해도 그만이다. 결국 이게 이런 뜻 아니냐고 따지면 작가가 그냥 한 번 눈만 흘기면 그는 스스로 꼬리를 내린다. 권위와 전문에 굴복한 것이다. 그게 전문가의 힘이다.

그리고 자기가 하고 싶은 말인데 그게 사회적으로 문제를 일으킬 우려가 있으면 완곡하게 표현한다. 그게 단한 구절에 불과할 수도 있다. 그러나 그는 이것을 진짜 말하고 싶었던 것일 수도 있다. 그러나 문제를 일으킬 수 있고 아직은 때가 아님을 알고 애매하게 또는 아무도 눈치 못 채게 짧게만—자기는 그것에 관심조차 없다는 듯이, 그러나 관심이 엄청 많다— 언급한다. 아직은 대놓고 말할 계제가 아니기 때문이다.

그러니 진짜를 캐치해야 한다. 그것은 그의 이력이나 평소 여러 번 책 같은 데서 말한 것, 지나가며 흘린 듯이 자주 언급한 것, 그런 것을 종합해 그가 진짜 하고자 하는 말이 무엇인지 파악해야 한다. 그가 말할 때 힘주어 말하거나 누가 반박이라도 하면 과민반응을 보이거나 하면 그는 오히려 그것을 강하게 주장하는 거다. 그에게 그게 가장 중요해서 그런 거다. 그가 하고자 하는 말은 바로 이거다. 자기는 강성 보수인데, 그래 현재가 좋다며 유지를 바라는데, 끝에 가서 좋은 게 좋은 거라고 정치적 올바름을 주장하며 끝을 맺는다. 그러나 그는 진정 이런 말을 하려던 것은 아니었고 중간에 잠시 언급한 그게 진짜 그가 말하던 거였을지도 모른다. 자기가 한 말에 사회적 논란이 발생하는 걸 꺼리는 작가가 많다. 작가들은 실은 겁이 많다. 그런 생각이 강한데 혼자만 그런 생각을 하고 있다는 걸 대놓고 드러내기를 거북해한다. 공감을 얻지 못할 게 뻔하기 때문이다. 그러나 그들의 생각은 파격적이고 충격적이다.

그럼, 나는 이 글을 쓰며 과연 내가 하고자 한, 진짜 의도는 무엇일까? 그냥 남의 말의 숨은 또는 여러 뜻을 파악하자는 것인가, 아니면 인간은 믿을 수 없으니 속과 다를 때가 많다는 것을 말하고자 함인가, 아니면 노회하거나 말 잘하는 것(능구렁이)들은 대개 직설적으로 말하지 않고 돌려 말해 책임지려 하지 않는 습성이 있다는 것을 말하고자 함인가, 어느 쪽인가.

진정한 대화상대를 찾아

리얼돌(Real Doll)이 인기를 끌 거라 말한다. 그런데, 성매매는 불법이다.

그러나 '필요악(必要惡)'이라서 그렇게 지독하게 단속하진 않는다. 나쁘다고 생각하면서도 당장 없애버리면 더 큰 문제가 발생하니까 그냥 솔직히 모른척하는 것이다. 성매매(性賣買)는 악이지만 우리가 사는 현실을 완전히 무시할 수 없으니, 현실과 이상이 마주 앉아 타협점을 찾은 결과다. 겉으로 합법을 내세우지만 사람이 사는 세상 어디 그런가, 불법을 모르는 척하는 거다. 그게 실질적으론 현실에서 당장 필요하니까.

좀 본 얘기에서 빗나가서, '이상과 현실의 괴리'에 대해 생각해 보자.

정치적 올바름(PC)을 주장하고 그렇게 되어야 한다고 하지만, 현실적으로 그것을 그대로 실천하는 건 쉬운 일이 아니다. 옳다고 주장하고 그것을 들으면서 충분히 수긍하지만 현실과 괴리(乖離)가 있는 것도 부인하지 못한다. 정치인이 이상(理想)을 갖고 그것을 향해 가지만 그런 게 현실에서 그대로 적용된 예는 너무 드물다. 대부분 좌절의 수순을 밟는다. 서로 융합되지 못하고 현실과 이상이 따로 논다.

현실을 충분히 고려하며 이상을 서서히 펴야 한다. 용의주도해야 한다. 그러니까 현실을 절대 무시하지 않으면서 이상을 향한 눈이 거기에서 흐트러지지 않기만 하면 된다. 사람도 현실에선 왔다 갔다 해도 이상은 변하면 안 된다. 괴로워도 현실에 70을 주고, 이상에 30을 줘야 한다. 안 되는 것 같아도 그렇게 가야 한다. 그래야 이상이 서서히 모습을 드러낸다. 인간은 현실에서 떨어지기 힘들다. 지금 당장 사는 것에 더 관심이 많은 대중에겐.

이상은 듣기 좋다. 그것대로만 살고 싶기도 하다. 그게 너무 거창하고 상대적으로 현실은 인간이 사는 곳이라 초라하다. 이상을 향해 입으로 매일 떠들고 현실적으론 그것을 실천하는 게 확 보이지 않으니까 더 위선적으로 보이게 된다. 그러니까 보수나 진보나 현실 생활에선 사는 게 거기서 거기다. 진보만 너무 현실과 동떨어진 얘기를 자꾸 하니까 더 위선적으로 보이는 것뿐이다. 사람은 다 먹고 살아야 한다.

그래도 우린 그 이상을 향해 가야 한다. 너무 현실에

만 충실하면 인간이 사는 세상이 엉망진창이 된다. 그런 현실을 보는 게 너무 하찮고 더러우니까 이상을 만든 거 아닌가. 현실은 더럽고 괴로워도 이상을 향해 내뿜는 연꽃은 있어야 한다. 그 빛을 향해 우린 오늘도 발걸음을 옮기는 것이다.

다시 '진정한 대화상대'를 찾는 얘기로 돌아와서,

우린 가족이나 절친, 배우자에게 더 진실하지 못하다. 오히려 그냥 스치는 인연이나 이번에만 보고 앞으론 안 볼 것 같은 사람에게 오히려 더 솔직하고 자기의 진심, 속과 겉이 같은 마음을 털어놓기가 더 수월하다. 부담이 없기 때문이다. 관계로 얽히면 이것저것 재게 되어 그러지 못한다.

그렇게 하면 좋은 게, 상대는 그가 진심임을 알게 되어 좋은 사람일 수도 있구나, 하고 생각할 수 있기 때문이다. 긍정적인 나를 보여 줄 수 있다. 뭔가 좋은 사람이 아닐까 하는 생각이 상대에게 들게 한다. 그리고 자신도 다 털어놓으니 자기 발전에도 도움이 될 것이다. 뭔가 속에만 있고 안 풀리면 좋은 의미의 발전도 없다. 그래서 그는 나를 어느 정도 믿는다. 그러니 내 말을 더 경청한다. 그래서 일본 등에서 유행하는 토킹 바 같은 게 우리나라에서도 번창할 것 같다. 왜냐면 사람들은 각자의 일로 바빠 상대의 속마음까지 들을 여유가 점점 더 사라져 가고 있기 때문이다. 누구나 말 못 할 마음의 병을 앓고 있고, 그게 점점 더 심해지니까.

인간끼리는 내가 받기 위해선 상대에게 그만큼 줘야 한다. 요즘 반려견이 유행하는 건 그 반려견과는 인간 사이의 미묘한 갈등 같은 게 존재하지 않기 때문이다. 주는 것보다 얻는 게 더 많기도 하고. 인간은 동물 중에서 가장 이기적인 동물이다. 그게 가능하면 받기만 하려 한다.

데이트 폭력 같은 일이 발생할 수도 있고, 서로 주고받기를 해야 하고 내가 필요할 때뿐 아니라 상대가 필요하지만 나는 귀찮을 때도 상대에게 다가가 줘야 하는 그런 관계에서 벗어나길 바랄 때에 마침 리얼돌은 나타나 주었다. 그것과 섹스 외에 인공지능처럼 나에게 맞춰주고 내 말을 적절히 들어주는 대화가 가능한 상대라면 자기의 진정한 파트너로 이것보다 더 좋을 순 없다. 그것은 AI(Artificial Intelligence)로 발전하여 때론 내 애인이 되고 내 심리 상담역도 되고, 나 같은 연애 약자도 주인(리얼돌이 내 하녀)으로 그리고 진정한 친구로 대해준다. 리얼돌은 나에게만 커스터마이징된 나의 모든 것이 되어준다. 반려동물 노릇, 가족 역할, 주인과 노예 역할, 섹스파트

너, 나에게만 특화된 심리치료사 등 업데이트하면 뭐든 된다. 앞으로 이런 것과 한패가 된 무리와 인간만의 관계를 주장하는 집단과 전쟁을 치를지도 모른다.

현실에선 점점 사라지는, 진정 자기 얘기를 들어줄 대화상대를 찾는 와중에 나를 전혀 모르는 제삼자가 나타나고, 리얼돌이 나타나고, 토킹바가 나타난 것이다. 인간은 필요하면 그걸 찾아 나선다. 마음의 고통에서 벗어나 어떻게든 살아야 하기 때문이다.

인간은 '자기 속의 마음을 털어놓을 수 있는 진정한 대화상대'를 찾아 나섰다. 물론, 현실에선 점점 그게 없거나 많이 부족하기 때문이다. 점점 필요성이 증가하는 반면 공급에선 취약하기 때문이다.

그리고 또 현실의 고달픔에서 벗어나기 위한 자기만의 이상을 향한 몸부림이 '진정한 대화상대를 찾아'가 아닐까.

우린 이제 우리와 상관없는 자와 나에게만 최적화된 기계와 더 친해지는 세상이 더 편해진 것 같다. 그들은 나의 진정한 대화상대이므로.

꾸민 이야기의 간과한 부분을 들여다보자

애 딸린 유부남을, 현실의 높은 벽을 넘고 처녀가 사랑하는 내용이 드라마로 나온다. 그것과 안 어울리게 삽입 광고는 또 줄기차게 나온다. 주인공들이 마시는 컵과 그 가게의 간판이 나오고 심지어는 그 업체의 제품이 좋다고 작위적으로(대사에 포함해서) 광고까지 한다. 우리에게 이게 너무나 잘 보여 지적하면서도 그 시간이 지나면 끝이다.

일부러 자기들이 주장하는 순수(純粹)한 사랑에서 꿈을 깨라는 듯이 현실(現實)의 돈을 너무 부각하는 것 같기도 하다. 그런 게 나오면 그 드라마가 순수함의 가치를 내세우면 내세울수록 더 위선적으로 보이고, 보긴 보지만 너무 불쾌하다. 그들의 말은 다 거짓말이고 실은 그냥 돈 벌기 위해 시청자가 좋아하는 것만 내보내면 그만이라는 것 같아 위선적이고 더 나아가 속았고 또 그걸 보며 지금 사기를 당하고 있다는 느낌마저 든다. 그 순수한 사랑을 보며 눈물 흘리는 시청자만 순진하고 바보천치 같다. 극(순수함)과 극(속물)을 보여주니 후자의 극에만 눈길이 간다. 속았다는 느낌뿐이다. 그건 결국 넘지 못할 현실의 벽을 넘는 순수한 사랑도 그 전제가 돈이 없으면 아무것도 아니라는 것을 오히려 강하게 어필하는 것 같다.

이런 식으로, 하나의 드라마를 보면서도 그들이 거기서 아주 강하게 내세우는 주제와 함께 다른 것을 동시에 볼 필요가 있다. 시청자만 호구이거나 봉은 아니기 때문이다. 그런데도 이런 자들에게 속는 사람은 또 나온다. 그래서 이런 드라마가 잘도 먹히는 것이지만. 계속 속는다. 욕하면서도 계속 본다. 우린 오히려 그걸 보며, 그들이 순수함을 주제로 드라마를 구성해도 그런 것들을 보며 동시에 아주 무서운 돈이 지배하는 세상을 더 잘 보아야 하지 않을까. 리얼리스트가 되면서 동시에 가슴에 불가능한 이상을 품는 것이다. 현실을 밟고 서서 내 이상을 실행하는 것이다. 그들은 드라마를 통해 순수팔이를 하지만 나는 그 순수를 만끽하면서도 냉엄한 현실도 동시에 보는 것이다. 드라마를 만든 자들보다 내가 한 수 위에 선다. 그들은 깨끗한 순수를 팔아먹는 더러움 그 자체지만, 나는 순수를 더 부각하려면 아니 순수의 진가를 드러내려면 현실을 과감히 이용할 줄도 알아야 한다는 성숙한 시청자다.

이런 걸 보는 것이다. 그러니까 아예 돈만을 내세우는

드라마나 영화보다 오히려 겉껍데기는 순수를 말하지만, 순수를 감상하기 위해 온 순진한 관객의 주머니에서 갈취한 돈을 이용해 광고를 노골적으로 하는 그런 모순되는 드라마를 보며 아주 서늘한 현실을 더 실감하는 거. 그리고 나만의 결론, 아, 내 이상을 펼치기 위해선 분명한 저런 현실도 감당해야겠다는 깨달음.

이 드라마에서 순수하게 유부남을 사랑하게 된 자기 여자친구에게 제발 현실을 직시하라고 설득하는 남자 친구의 말은 이 드라마의 전개로 보아, 결국 순수가 이기고 현실 직시가 두 손을 들고 항복할 것이지만 그보다도 더 현실 직시가 맞는다는 것을 보여주는 건 바로 돈을 상징하는 그 드라마의 여기저기에서 튀어나오는 간접 광고들이다. 과연 이 돈을 순수가 이길까. 현실을 직시하라는 그 남자 친구의 말—결국 드라마는 순수가 이기므로 그는 그 말만 하러 나온 희생양에 불과하다, 더 좋은 결말을 위해 하찮은 시련들이 즐비한 것이다—보다도 이런 광고들이 더 설득력 있게 들린다. 드라마 속에서 남자 친구가 하는 말은, 결국 순수가 이기고 현실 직시가 지는 드라마 속 가상의 이야기지만 그 광고는 냉정한 진짜 현실을 보여주기 때문이다. 그 광고들은 드라마 속 남자 친구의 현실 직시가 결국 이긴다는 것을 아주 무섭게 보여주는 것 같다. 순진한 사람만 드라마를 보고 속는 것이고. 그러니까 그 드라마가 말하는 순수의 승리는 순진한 시청자를 우롱하는 것에 불과하다. 그래서 그 드라마가 순수를 내세울수록 불쾌하고 가식적으로 보인다. 순수한 사랑이 아니라 그냥 입 다물고 가만히 있었으면 좋겠다. 뻔뻔스럽다. 순수한 사랑을 노래하는 드라마가 돈이 지배하는 현실을, 간접 광고를 통해 너무 적나라하게 보여줘 견딜 수가 없다.

그리고 또 드라마나 소설이 현실과 괴리된 것 중 심각한 게 있다. 이것들은 주제와 걸맞는 것만 언급한다. 주제와 관련된 것만 보여주고 다른 자질구레한 일상은—그게 오히려 관객에겐 더 중요할 수도 있는데도— 그냥 생략해 버린다. 영리한 관객 혹은 시청자, 독자라면 장면과 장면 사이에 감춰진 이런 일상을 더 잘 감지하는 데 예민한 촉수를 드러내야 한다.

'공주는 왕자와 결혼해 행복하게 살았답니다'에서 그 후를, 나와 일상을 빗대어 추리해 봐야 한다. 장류진의 『달까지 가자』도 그게 과연 나에게도 가능한지, 그 후는 또 어떻게 전개될지 추적해 봐야 한다. 순수 팔이를 하는 드라마나 영화, 소설은 끝나도 나는 극장을 나와 배고프면 김밥을 사 먹어야 하고, 당장 수중에 돈이 없으면 얼른 골방에 가서 라면이라도 끓여 먹어야 한다. 이런 배고픔이 영화의 순수에 잠시 빠졌던 나를 건져낸다. 나에게 남은 그 후의 리얼한 이야기는 계속되기 때문이다. 나는 백 살까지 살아야 하니까.

다른 세계가 분명 현실에서 대부분을 차지하지만 위험하게도 그걸 생략해 버린다. 이것은 현실과 너무 동떨어진 것이다. 그런데 순진한 관객은 드라마나 소설 속 현실을 실제 현실과 곧잘 혼동한다. 순수를 외치는 그들은 이런 우리를 노린다. 그냥 그들이 전면에 내세우는 그럴듯한 주장을 그대로 받아들이지 말고-이걸 나에게만 맞게 잘 받아들이는 건 좋다- 그 장면의 이면에 분명히 도사리고 있는 진실을 봐야 한다. 그래야만 수동적인 인간에서 벗어나 주체가 되어 이 세상을 헤쳐나갈 수 있다. 드라마와는 별개로 내 인생은 따로 전개되기 때문에. 그들은 그 길로 가고, 나는 내 갈 길을 갈 뿐이다.

누가 더 옹골찰까?

여러 명이 같은 것을 하면 그 사람 중 누구를 기억할까. 뭐, 기억이 언제나 좋은 것은 아니지만 우리 인간은 또 남의 시선에 신경을 안 쓸 수도 없고 인정에 의해 목숨까지 걸 수도 있으니 기억에 남는 것은 나쁜 것만은 일단 아니다. 좀 색달라야 남이 알아주고 기억한다. 같은 것을 나도 했다면 그중 하나이고 그중에서 가장 앞서가는 자만, 즉 일등만 기억하는 더러운 세상이다.

차라리, 즉 중간에 서서 희미한 색깔로 그냥 가느니 자기의 것을 펴면 뭔가 자기만의 것을 뽐게 되어 더 사람들의 기억에 남지 않을까. 사는 것은 다 똑같은데. 인간의 일생은 그냥 반짝하고 마는 것이다. 지구의 나이에서 인류의 나이는 거의 반짝임에 불과하고 나의 일생은 더 희미하고 우주 전체로 치면 흔적조차 없다. 아마 찾는데 엄청 고생을 할 것이다. 그만큼 내 일생은 존재감이 거의 제로에 가깝다. 존재했었다고조차 말할 수 있으려나.

이렇게 알고 보면 덧없는 게 인생인데, 그럼 그나마 덜 덧없게 사는 방법은 무엇일까. 내가 이러는 것은 지금, 현재를 더 잘 살고자 함이다. 현실에서 행복을 누리는 거다. 중간쯤에서 왜 쫓는지도 모른 채 남을 쫓으며 인생을 허비하느니 자신이 진짜 좋아하는 것, 하면 할수록 더 빠져들고 그야말로 몰입의 경지, 몰아의 차원에 들어서서 최강의 희열을 맛보는 그런 걸, 하다 죽는 게 낫지 않을까. 어차피 우주의 먼지로 살다가 흔적조차 찾기 힘든 게 한 인생인 것을!

자기만의 인생 흔적을, 현실에서 느끼고 그걸 하며 행복을 맛보는 거다. 그리고 그 순간들을 기록하는 거다. 그러면 하다못해 내가 살던 시절의 흐름이나 모습을 후대에서 참고 정도는 하지 않을까. 그냥 희미하게 남들처럼 아무 자기 특징도 없이 개인적인 거 하나도 남기지도 않고 살다 죽으면 그게 뭔가. 이왕이면 물질보단 정신을 남기는 게 나을 것 같다. 나도 어떻게 보면 우리 할아버지의 정신으로 지금까지 버티고 있으니.

정신을 기록하면 그 당시에 사람들은 무슨 생각을 하며 살았는지도 후대가 알 것도 같은데. 내가 특히 특이하더라도 그 당시의 한 특이했던 한 인간의 마음과 정신을 아는 게 어딘가. 아, 이 인간은 이런 생각을 하고 살았구나, 하고 아는 것만으로도 뭔가 도움이 되지 않을까. 몇 백 년 전의 한 인간의 마음을, 글을 통해 아는 것은 도움이 안 될 수 없다. 없는 것보단 낫다.

혹시 현재를 활기에 차서 자기의 기록들을 쓰고 그 기록들이 남에게 자그마한 도움이라도 된다면 그보다 더 나은 삶은 찾기 힘들 것 같기도 한데, 나만의 생각일까. 그러니까 자기만의 고유한 삶을 사는 것이다. 가장 개인적인 게 가장 창의적이고, 다양성의 가치에도 기여할 것이기에. 그러면서 줄기차게 자기의 발자취를 기록으로 남기는 거다. 물론 같은 사람과 거기서 빚어지는 삶은 같은 게 없다고, 그냥 살아도 자기만의 고유한 삶이겠지만, 그러면 아마도 자기를 모른 채, 자기가 가진 것들을 실현도 못한 채 인생을 끝낼 수도 있기에 하는 말이다. 이것보다 더 중요한 것을 나는 지금껏 찾아내지 못했다.
모든 가치의 방향은 결국 '각자가 고유하게 가진 가치 실현' 아닐까.

이런 걸 가장 잘 아는 사람들이 대작가(大作家)들이다. 그들은 어떻게 하면 인생을 더 낫게 살 수 있나 늘 궁리해 왔다. 자기만의 인생을. 그런데 생각도 하지 않고 사는 일반인이 대작가들에게 좀 더 현실에 충실하라며, 정신차리라고 충고한다.

아, 여기서 한 가지만 짚고 넘어갈 게 있다. 인생에 대해 더 많이 생각하고 결론을 내린 사람이 둘 중 누구겠는가. 그 결과 누가 자신을 더 잘 알겠는가. 대작가는 생각을 거듭하고 거듭해 끝내 내린 결론이 자기를 더 잘 아니까 자기에게 주어진 운명적인 인생을 향유하며 그렇게 살 수밖에 없다는 결론을 내렸을 것이다. 실은 충고는 대작가가 일반인에게 해야 한다. 자기만의 인생을 수놓으라고. 그들은 적어도 인간에게 가장 중요한 게 뭔지 알고 또 더 많이 알려고 오늘도 머리를 싸매는 사람들이다.

그래야만 거의 흔적조차 찾기 힘든 하나의 인생을 그나마 약간 덜 희미하게, 자기가 지금 더 활기 있게, 남에게도 혹시 도움이 되게, 자기만의 고유한 삶을 영위하지 않을까.

기브 앤 테이크를 벗어났으면

우리 인간은 일반적으로 주고받는 것에 균형을 맞추려고 한다.

그러나 나는 전에 그냥 사람이 좋아서, 아니 뭔가를 몰라서, 아니 사회를 몰라 순진해서 그냥 주기만을 잘했던 것 같다. 주고는 받는 것에 대해 생각하지 않았다. 사교성이 떨어져 별로 준 것도 없지만 줘도 아주 적은 것을 줘서 그런지 받을 생각을 안 했던 것 같다. 주고 바로 잊는 것이다. 준 것 자체를 잊어버린다. 그러고는 내 관심사에만 몰두했다. 주로 책을 읽는 것이다.

좋게 생각하면 마음이 좋고 착한 것이고 나쁘게 생각하면 뭐를 몰라 사회가 어떻게 돌아가는지, 남 좋은 일만 시키는 덜떨어진 인간이었다. 다른 사람도 다 나 같다고 생각했다. 사회의 쓴맛을 아직 못 본 것이다. 그래도 천성(天性)이 그런지 순수하게 주는 것을 더 좋아했다. 그래서 그런지, 그냥 화끈하게 이왕 주는 거 쪼잔하지 않게 주는 것을 선호했다. 그가 나와 같은 인간이라 생각하고 믿음이 가고 뭔가 말이 통할 것 같은 생각이

들었던 것 같다. 그렇게 확 줘버려야 마음도 후련했다. 아마도 그런 게 나에게 맞아 그랬을 것이다. 나는 이것 저것 재거나 밀고 당기기를 잘하지도 즐기지도 못한 것이다. 그런 게 내 체질에 맞지 않은 것이다. 그러면서 속으로 남이 욕하는 기분이 들면 "난 이렇게 생겨 먹었다, 어쩔래?" 하는 것이다. 그 속엔 내 자부심(自負心)이 조금은 들었던 것도 같다.

그렇게 살다가, 살을 맞대고 사는 아내가 남에게 준 것을 기억하고 자기가 그렇게 줬는데 그쪽에선 주지 않는다는 말을 듣고는 세상엔, 다 남들도 나와 같다고 생각했는데 안 그런 사람도 있다는 것을, 가까운 사람까지도 안 그럴 수 있다는 것을 알고는 놀란 적이 있다. 친한 사람도 주고받기의 이 틀을 알고 그 실천에 아주 충실한 것에 좀 충격을 받았다. 나는 순진하게 친한데 주었으면 그만이지, 왜 꼭 굳이 받으려고 할까, 그렇게 생각해 왔다. 나는 미련했던 것이고, 그런 사람은 세상을 약게 사는 사람들이었던 것이다. 물론 그런 사람은 임기응변과 과다 적응으로 세상을 나보다는 편하게 살 거라는 것도 안다. 그러나 믿음이 가진 않았다.

그러니까 내가 한마디로 아직 사회를 모르는 순진한 인간이어서 그렇다는 게 더 맞을 것이다. 그러니까 나같이 덜떨어지고 이상한 인간 말고 대부분의 사람은 자신이 줬으면 그만큼 대개는 받기를 원한다는 것이다. 나처럼 주는 것을 순수하게 즐기는 게 아니고. 세상에 순수라니?

그래서 이젠 이런 주고받는 것에 대해 사람들은 '나와 반대—나는 주면 받을 생각을 안 하지만—구나', 하고 생각하기로 했다. 무조건, 줬으면 그에 상응하게 받으려 한다는 것을.

이제 나도 서서히 사회 물이 들어가는지 준 것을 안 받은 것에 대해 두고두고 내 마음에 남게 되었다. 나도 이제 열심히 속물이 되어 가는 것이다.

그렇더라도 내 그런 마음은 싫다. 불편하다. 꼭 다른 사람의 옷을 입고 있는 것 같고, 내 집이 아니라 남의 집에 얹혀 사는 것 같다. 내 것이 아닌 것 같다. 실은 그렇게 변하는 것도 싫다. 솔직히는 그렇게 변하고 싶지 않다. 아무리 내가 사회에 안 어울린다고 해도.

그래서 전보다는 안 그렇지만, 그런 마음을 안 가지려고 진짜 마음에 드는 사람에게만 아예 받을 생각을 하지 않고 지금도 줘 버린다. 피가 섞인 자식이나 진짜 내 마음을 알고, 뺀질거리지 않고, 잔머리 굴리지 않고, 순수하고 한결같은 사람에게만 주기로 했다. 그러고는 준 것을 곧 잊는다. 그들은 나에게 안 줘도 좋은, 받기만 해도 좋은 사람이라고 생각한다. 그런 결정을 나름대로 하고 산다. 그들에겐 못 받을 걸 알고, 그러나 주는 순간엔 정말 기분만은 좋다. 아마 단지 그 기분 때문에 주는 것인지도 모른다. 그들이 나에게 그런 기분을 주지 않았나, 그러니 안 받아도 좋다, 이미 받지 않았나, 주는 것만의 기쁨을. 그 기분만으로도 그들에게 다시 받은 것보다 더 큰 가치가 있다고 생각한다(이것도 결국 주고받기의 충실한 실천 같지만, 그래도). 그런 사람들에겐 전혀 받을 생각을 안 하고 아낌없이 주려고 한다. 마구 퍼주는 것이다. 그런 것도 없어―세상이 험악하니―세상 어떻게 사나. 삶에 여유와 여백이 없어서. 실제 있으면 뭐든지 주고 싶어진다. 주고받는 것을 따지는 사람은 아예 줄 생각을 안 한다. 이때는 주더라도 받을 수 있는 상대에게만 준다.

인간은 보편적으로 그걸 잊을 수 있는 상대라면 상관없지만 자신이 뭔가 줬다고 생각하면 상대가 나에게 왜 안 주나 하고 원망하게 되는 것 같다.

그냥 아무 생각 없이 주고 싶은 사람이 내 주변에 많았으면 좋겠다. 나는 이런 사람이 내 주변에 많으면 '이 세상 살맛 난다.'라고 생각하는 이상한 사람이다. 그들에게 주는 그 순간, 나는 기쁘고, 준 것이(내가 진정으로 좋아하는) 그에게 조금이라도 보탬이 되니 얼마나 좋은가. 그것만으로도 나는 그로부터 뭔가 돌려받는 것보다 더 행복하다, 주는 그 기쁨이. 아무 계산 없이 주고만 싶은 사람이 내 주변에 더 늘어나기를!

리얼리스트이면서
이상을 놓치지 않기

내가 글에 말을 많이 하지만 결국 한 가지로 향하고 있다고 할 수 있다. 누가 나에게 글을 쓰려면 왜 책을 읽어야 하느냐고 물었다. 나는 조정래 작가가 한 말을 그대로 들려주었다. 그냥 개인적 일기 말고 시장에 내놓은 글, 즉 남에게 읽히려고 내놓은 글엔 먼저 "남의 글인 책을 500권 이상 읽지 않으면 내놓지 말"란다는 말을 전해 주었다.

그건 왜 또 그러냐고 다시 물었다. 그건 아마도 '글에 자기 생각을 담을 수 없어' 그런 것 같다고 말해 주었다. 맞다. 500권정도 책을 읽지 않으면 생각을 하지 못하게 되고 사색도 안 해 자기 생각이 만들어지지 않아 글을 쓴다고 해도 그 글엔 그저 그런, 그 말고도 누구에게서나 나올 수 있는 뻔한 이야기만 있고, 일관된 자기 생각이 들어있지 않을 것 같기에, 자기만의 정리된 생각을 그 글에선 찾아낼 수 없을 것, 같아서라고 말해 주었다. 가장 개인적인 게 가장 창의적이지만, 책을 읽지 않으면 가장 개인적인 게 아예 만들어지지 않을 것이기 때문이다.

　나는 책이 좋아, 이미 많은 책을 읽어버렸다. 지금도 매일 읽고, 읽기 시작하려고 일부러 지하철을 타고 여기저기 돌아다닌다. 그건 책 읽기 위한 '나의 독서 시작 투어'다. 그러고는 집에 와서 그 책에 고맙다고 절을 한다. 나는 지금 마음에 드는 책의 페이지가 얼마 남지 않으면 괜스레 불안하다. 미리 다음 읽을 책을 사놓지만 그럴 수 없는 사정이면 짜증이 밀려온다. 내가 읽을 책이 앞에 있어야 안심이다. 책이 없는 세상은 나에게 이젠 그만 살라는 말과 같다. 지옥에서 사는 것과 같다. 이런 걸 보면 책과 나는 하나인 것 같기도 하다.

　내가 책에 너무 빠지고 좋아해 누가 책에 대해 대수롭지 않게 말하거나 욕을 하면 너무 기분이 나쁘다. 그를 앉혀놓고 하루 종일 책의 장점을 나열해 그를 결국 내 앞에서 굴복시키고 싶다. 책을 모욕한 것에 대해 그 대가를 치르게 하고 싶다. "절대 책은 그렇지 않고 우리에게 도움만 준다고…" 그를 앞에 세워놓고 주입시켜 세뇌시키고 싶다. 그를 책으로 고문하고 싶다. 책에 이렇게 빠지니 저절로—아니 저절로가 아니라 책을 많이 읽으니까 반드시 수반되는 사색을 하게 되고, 그 결과— 내 글에 분명 내 생각이 들어섰을 것이다.

내가 글에다 하는 소리는 아마 단 하나로 향하고 있을지도 모른다. 아니면 많아야 두 개 정도. 그러니 독자가 내 글을 읽고 오해할 수도 있지만, 나의 또 다른 글들을 읽으면 알 것이다. 아, 이 인간은 결국 이 소리만 한다고. 이 인간이 향하는 곳은 결국 여기인 것 같다고 할지도 모른다. 그 소리 중 하나가 '리얼리스트가 되자, 그러면서 불가능할 것 같지만 그래도 자기 나름의 꿈을 갖자'는 것.

그럼 왜 상반된 주장인 이 형용 모순을 쓰느냐 하면 인간은 본래 모순덩어리여서 그런 것이겠고, 우선 현실에 충실한 리얼리스트가 되어 살자는 말은 인간의 원죄(原罪)가 인간에게 이미 내재해 있기 때문이다. 특이한 인간만 빼고 인간은 혼자서 살아가지 못한다. 인간(人間)이란 글자에서 인(人)이란 글자만 봐도 인간이 서로 의지하는 모습을 하고 있다. 서로에게 기댄 모습이다.

그리고 동시에 그게 '비록 불가능할지라도 꿈을 갖자'는 말의 근거로, 인간은 불완전한 존재이기 때문이다, 현실에서. 그것을 깨달으면 허무하다. 해봐야 허무하게 되고 그것으로 끝이다. 뛰어봤자 부처님 손바닥을 깨닫는 것으로 끝이다('성불하십시오' 하는 말은 그 완전을 응원하는 소리다). 유한한 인생 너무 덧없다. 그렇지만 완전함을 가슴에 묻는 것은 그것과 다르다. 불완전하지만 완전을 향해 가는 것은. 불가능한 꿈을 갖게 되면서 비로소 현재가 허무하지 않고 활기차지고 행복해진다. 현재의 허무 때문에 뭔가 완전한 꿈에 의지해야 한다. 이제 꿈이라는 목적이 있는 것이다. 그것을 향해 가야 현실에 충실하고 활기가 있으며 행복하다. 인간은 결국 뭔가 할 일, 꿈이 있어야 행복하다. 앞이 깜깜하면 그가 제대로 현재를 살아갈 수 있을까?

범죄 영화 같은 데서 그가 앞으로 '뭘 하려고 했었다'는 걸 말하며, 그래서 그는 자살할 이유가 없다고, 분명 타살된 게 분명하다고 나오는 것만 봐도 앞으로의 희망은 현재를 더 열심히 사는 힘인 게 분명하다. 할 일이 분명한데 자살할 이유가 없는 것이다. 뭔가 자신이 지금 필요한 존재이고, 내일 뭔가 이뤄지는 꿈을 간직하고 있어야 지금도 활기차고 행복하다. 그 반대는 불행이다. 절망이다. 아무것도 하고 싶은 게 없는 것이다. 희망이 없는 것이다.

그럼 이건, 서로 형용 모순이 아니라 의지하는 관계다. 현실에의 충실과 불가능한 꿈은, 꿈을 실현하기 위해선 일단 현실에 충실해야 한다. 그리고 현실에서 행복하고 생기 있으려면 허무를 극복할 희망인 꿈을 갖고 있어야, 지금 여기가 좋은 곳이 되는 것이다. 이처럼 '현실(불완전함)과 꿈(완전함)'이 서로 의지하면서 돕는 관계다.

꿈이 있으니까 '현재'가 행복하고, 현재 꿈을 이루려고 노력하니까 '미래'도 가능성이 있는 것이다. 이렇게 현재와 미래는 서로 돕는 관계가 된다.

그냥 남을 굉장히 의식하고 팔아먹으려고 쓰는 글이나 공개적이고 공식적인 글은 사회적 법칙을 따르는 게 중요하다. 품위가 있어야 한다. 막 쓰면 안 된다. 사회적 검열이 필요하다. 그래서 그걸 너무 의식한 글은 스스로 표현의 자유를 훼손한다. 사회가 그래도 바람직하게 추구하는 것을 자기 글에도 같이 지향해야 한다. 그리고 정치적 올바름을 집어넣어야 한다.

독자를 의식하지 않고 그냥 자기만 볼 책이나 자기에게 힘만 줄 목적으로 '자기의 현실과 이상이 서로 의지하고 돕는 그런 글'을 쓰고 있다면 그런 사회의 바람직한 방향이나 정치적 올바름을 안 지켜도 된다. 품위가 없어도 된다. 작품성이 없어도 된다. 보편성을 따르지 않아도 된다. 글을 쓰는 목적이 책을 팔기 위한 것이 아니라 내가 나를 더 행복하게 하기 위한 것이니까 그렇다. 나를 지금 더 활기차게 하고 아무리 힘들어도 끝까지 살아가려는 의지를 갖게 하는 그런 글을 나는 지금 쓰고 있다. 이거보다 더한 진짜가 있을까. 너무 솔직하다. 남이 아닌 자기 자신을 위한 글. 이런 글이 오히려 더 독자에게 가닿아 더 팔리면 좋고 실은 원래부터 그게 아니었으니까 안 팔려도 그만이다. 본래부터 오직 나 자신만을 위한 글이었으니까.

아예 내 책이 팔리면 좋고 안 팔려도 그만이라는 식으로 쓴 책은 솔직함이 강점이다. 품위나 정치적 올바름을 의식하지 않고—사회적 검열(檢閱)에 신경 쓰지 않고— 써서 그런 것이다. 붓 가는 대로 쓴 것이다.

나는 이런 책을 만나면—이런 책은 베스트셀러엔 잘 없다. 물론 베스트셀러는 일반적인 독자층을 겨냥했으니 당연하지만— 아주 소중한 보물이라도 건진 것처럼 시간 가는 줄 모르고 읽어 버린다. 아주 솔직한 책이기 때문이다. 그게 이유다. 나는 영화도—표현에 거슬림이 없는 그래서— 솔직한 19금만 본다. 검열은 나를 속박하고, 내 자유를 짓밟는다.

갖지 못하면 망가지기를 바란다

내가 글에 빠져 사는 이유는 글이 좋아 그런 것도 있지만 인간과 인간이 살아가는 세상의 본질을 알고자 함이다. 인간의 특징을 내가 하는 한, 글에 다 나열하고 싶다. 왜 그런지 모르겠다. 아마 속에서 뭔가 작용해 그럴 것이다. 이렇게밖엔 다른 이유를 찾지 못하겠다. 글보다 그것에 대해 더 정확하게 가르쳐 주는 것은 없다고 본다. 글을 통해 인간의 특성 중 좋지 못한 것이라도 알아야 한다. 그래야만 내 글에 한 명의 독자로도 공감하고 조금이라도 사는 데 도움이 될 것이기 때문이다. 성악설(性惡說)이든 성선설(性善說)이든 인간 그 자체를 알고자 하는 독자가 한 명이라도 있을 것이기에.

자, 이솝 우화에 여우의 신 포도 이야기가 나온다. 자기를 합리화하는 교훈으로 나오는데, 여우는 신 포도가 먹고 싶은 것이다. 그러나 먹을 수 없으니까 그건 신 포도라고 자기를 스스로 위로한다. 이것으로 인간의 본성을 알 수 있다. 인간은 자기가 얻을 수 없는 것에 대해선 깎아내리며 스스로 위안을 얻는다. 그래서 지금까지 멸종하지 않고 살아왔겠지만. 그러지 않았더라면 좌절로 끝났을 것이다. 인간의 합리화는 살아남는 데 필수라 할 수 있다. 인간은 자기를 정당화하는 아주 뛰어난 재주를 가지고 있다.

그 여우가 그 신 포도를 먹고 싶지만 먹을 수 없으니까 그 나무를 자를 수 있다면 잘랐을 것이다. 자기를 만족시키지 못한 것에 대한 분풀이다. 못 먹는 감 찔러나 보는 것이다. 아마 여우가 먹을 수 있었다면 그 나무를 그렇게 하진 않았을 것이다. 다음에 또 와서 먹을 수 있도록 잘 자라기를 바랐을 것이다.

우리는 부자들을 경멸하면서도 그들처럼 가능하면 되길 바란다. 개천에서 용 나고 싶은 것이다. 자신만이라도, 그 주인공이 되고 싶은 것이다. 자신보다 위에 있는 것을 혐오하면서도 결국 그 대열에 끼고 싶어 한다. 일단 자신이 그 자리에 지금 있지 않으면 그 가치를 훼손해서라도 자기 위안으로 삼는다.

이런 게 있다. 한 작가가 부자들과 자본주의를 경멸하는 글을 쓴다. 그것으로 베스트셀러가 된다. 결국 자신이 경멸해 마지않던 부자가 된다. 그거 하자고 그렇게 부자를 경멸하며 평생을 보냈나? 어이없는 일이다. 무소유를 주장하며 풀소유자가 된다. 국회의원을 욕하던 자가 국회의 수괴(首魁)가 된다. 자기모순이다. 그러나 자기는 안 그렇다며 또 합리화할 것이다. 물론 자기는 그런 걸 안다. 처음부터 글쟁이가 아니라 부자가 되길 바랐던 것을.

되고 싶지만 그렇게 될 수 없으니까 이제 한 가지 보상으로 여우가 신 포도라고 명명했듯이 부럽지만 갖지 못하니까 차라리 경멸하는 것을 택해 스스로 위로한다. 우린 대개 남이 잘 되는 것에 대해, 자신은 절대 그렇게 될 일이 없는 경우에 욕을 하거나 대수롭지 않다며 깎아내린다. 그래야 자신이 편하고 기가 죽지 않기 때문이다. 그대로 인정하면 현재를 사는 자신이 너무 힘든 것이다.

그냥 쿨하게 칭찬하지 못한다. 그러면 자기가 초라해지기 때문이다. 사회에서 가진 것을 이제 막 다 가진 사람은 이미 자신은 비슷한 것을 가져 누리고 있으니까 이때만은 쿨하게 칭찬한다(그러나 그도 처음과는 다르게 좀 지나면 마음이 바뀐다. 간사해지는 것이다). 참 대단하다고. 그렇지 않은 나머지는 이룬 것 자체에 대한 칭찬은 못하고 대신 다른 갖추지 못한 것을 굳이 찾아내 상대 앞에서 지적해 괴롭히며 스스로를 위안한다. 자신이 이미 가지고 있는 것을 남이 가지고 있으면 그것에 대해 칭찬하지만, 도저히 자신이 가질 수 없는 것인데도 가지고 싶은 것을 남이 지금 가지고 있으면 그것을 흠집 낸다는 말이다. 누가 봐도 예쁜 여배우가 있을 때, 귀신같이 눈이 좀 작다고 지적한다. 모든 인간은 자기가 가진 것을 최고로 친다. 자기 것이 가장 소중한 것이다. 유일신을 믿는 종교에서 이것이 지나쳐 몇 백 년 동안 전쟁을 한다. 지금도 하고 있다.

낚시를 즐기는 사람을 보고 돈을 버는 데 혈안이 된 사람이 왜 열심히 벌지 않고 그런 것에 젊음을 낭비하냐고 핀잔을 주자, 낚시하던 사람이 그럼 당신은 그 돈을 번 후 나중에 뭘 할 거냐고 묻는다. 유유자적하며 시골 같은 데서 여생을 보낼 거라고 한다. 낚시꾼은 바로 내가 지금 그걸 하고 있지 않냐, 말한다.

인간은 오르지 못할 나무는 그게 바람에 꺾여 나무 위에 이미 앉은 사람이 큰 피해를 입길 바란다. 그런 심보는 아니라 해도 대부분 조금은 그런 마음들을 갖고 있다.
아내는 좋은 아파트에 연애 시절처럼 남편의 사랑을 여전히 받고 있고, 아이들은 공부 잘하고 똑똑한 가정에서, 남편이 어느 날 갑자기 이혼을 선언하고 알고 보니 내연녀가 있었다는, 이런 드라마가 막장이면서도 인기를 끄는 이유를 어떻게 설명할 수 있을까. 욕하면서 보는 것이다. 자기가 오르지 못한 것을 다른 것이 분풀이해주니까 속이라도 시원한 것이다. 자기가 직접 속마음대로 손보지 못하는 것을 그런 드라마가 대신해 주니 청량감이 드는 것이다. 최고로 주가를 올리던 배우가 어느 날 갑자기 이혼을 선언하고, 고상한 역만 하다가 망가지는 역에 눈에 불을 켜고 본방사수한다. 남의 불행이 곧 나의 행복인 것이다. 인간의 심보는 참 못됐다.

그러나 이런 것에 잠시 만족한다고 진정한 행복이 찾아올까. 그런 식으로 살다가 인생 종 칠 수 있다. 귀중한 내 인생 다 보낼 수 있다. 사회적으로, 경제적으로 위로 오르는 것도 좋지만, 그런 후 최종적으로 자신이 진정하려는 것이 뭔지 진지하게 생각해 봐야 한다. 인생은 공주가 왕자를 만나 행복하게 살았답니다, 로 절대 끝나지 않는다. 드라마나 영화가 끝나도 내 삶은 계속 된다. 낚시터로 올 수도 있다. 결국 그걸 하려고 여기저기 헤집고 다녔단 말인가. 그러나 최후의 길은 언제나 거기일 수 있다. 인간이 사는 모습과 바람은 엇비슷하니까.

다양성은 아무리 외쳐도 지나치지 않다

다양성의 가치를 모르면 사람이 다 같아지려 하고 그 결과로 나타나는 다수는 소수를 억압하고 폭력을 행사하게 된다. 99를 가진 자들이 1만 가진 것을 빼앗아 100을 만들려고 한다. 인간의 욕심은 끝이 없다.

그런데, 다수에 있던 나도 소수로 전락해 다수의 압박을 받지 말란 법은 없다. 왜냐면 인간은 다른 각으로 보면 반드시 소수에 속할 수 있기 때문이다. 순식간에 '벼락거지'가 될 수도 있다.

다양성은 아무리 외쳐도 부족하다. 그만큼 인간이 더불어 살아가는데 이것이 필수이기 때문이다. 왜냐면 모두가 실은 다 다르기 때문이다.

인종 용광로이고, 다양함의 이상향이라 여겼던 미국도 인종차별로 몸살을 앓고 있다. 자기 것 외에 다른 것을 인정하기가 그렇게 어렵다.

그런 그들이 근자에 우리 영화에 상을 주었다. 근데 불손하다. 그들이 강조하는 가족주의와 기독교를 따랐기 때문일 것이다. 그들이 왜 한국 영화에 상을 주겠나.

그들이 중요하게 생각하는 것을 앵무새처럼 지껄여줬기 때문이다. 자신들이 원하고 소리 지르고 싶었던 것이 그 속에 있기 때문이다. 작품성이 어느 정도에 다다른 것 중, 자기들의 입장을 대변하거나 지지하는지의 여부로 캐스팅 보트가 된 것이다. 그리고 거기엔 분명 동양인을 생각하는 것처럼 보이게 하려는 정치적인 의도도 깔려 있다. 주장은 다양성을 강조하면서도 실제에 있어선 반대로 행동한다.

인간은 자기가 하고 있는 것을 많은 사람이 같이 하고 있다고 생각한다. 나는 절대 이상하지 않고 이상한 건 바로 남이다. 나는 다수에 속해 있다고 생각한다. 그리고 더 세 보이고 높이 있다고 생각하는 것을 따르려고 한다. 그래서 내가 기준이다. 그러나 실은 인간은 모두 이상한 게 이상한 게 아니다.

그러고는 나는 정상이라 하고 그렇지 않은 것을 비정상으로 여겨 이상하게 생각하고 위험하니까 없애 버리거나 자기와 같아져야 한다고 주장한다. 하나만 알고 열은 모르는 생각이다. 그런 식으로 생각하면 인간이 사는 세상은 갈등과 전쟁이 끊이지 않을 것이다. 같은 것만 있으면 전염병도 창궐한다. 다양해야 거기서 예방된다. 돼지 열병이나 옥수수 유전자 변이도 같은 것만 있어 발생한 것이고 전염병으로 견디는 종만 개발한 결과다.

아무리 다양성을 강조해도 결국 자기 위주로 생각한다. 그렇지만 너무 그게 중요하므로 계속 외치고 저항해야 한다. 마치 페미니즘의 기본을 암기하는 것과 같다. 다양성이 이루어지는 기초는 남의 입장에 서보는 것에서부터 시작된다. 본래는 자기와 다른 것은 비정상이고 자기와 궁극으로는 같아야 하고 그것을 최고의 가치로 여긴다. 자기와 다른 것은 배척하고 혐오한다.

내가 중시하는 것을 너희가 감히 대수롭지 않게 여기고 그들이 다른 것을 중요하다고 생각하고 꼭 지니고 있는 것이면 이단이라며 파괴하려 한다. 지금 이스라엘과 팔레스타인 전쟁이 그것을 말해준다. 그 이단은 사악하므로 처단의 대상이다. 어린애가 세상을 자기가 중심이라 생각하는 것에서부터 한 발짝도 나아가지 못하고 있다. 계속 우물 안 개구리 신세고, 하나만 알고 열은 모르는 짓이다.

내 것이 중요하면 남의 것도 중요하다. 그래도 뒤돌아서면 곧 자기 위주로 생각한다. 머리로는 아는데 마음은 다시 제자리로 돌아간다. 인간은 이성보다 감정이 더 세기 때문이다.

그나마 약자의 입장에 있으면 적어도 남의 것을 자기 식으로 만들려고 파괴하진 않는다. 이런 식으로 자기 것만 정상이고, 중요하다고 여기는 이런 어리석음은 인간이라 어쩔 수 없는가. 절대 고쳐지지 않는가. 인간이라 그것에서 벗어나지 못하나.

더군다나 요즘엔 생각하는 것을 멀리하고, 책에서 점점 멀어지고 있다. 책으로나마 다양성의 중요성에 접근할 수 있는데, 책을 멀리하니 희망이 절망 쪽으로 자꾸 기울고 있다. 다른 것을 이해하고 공감하는 것의 기초인 문해력은 바로 책에서 나오는 것인데, 안타깝다.

사람들은 자기는 다수에 속해 있으며—실은 이것을 의식하지 못하지만(이걸 소수만 의식한다. 상처 준 자는 그걸 기억 못하는데 상처받은 사람은 잊지 못한다)— 소수의 삶의 모습을 보고 왜 그렇게 사느냐고 자기 것으로 진단해 버린다. 삶의 모습을 자기가 기준이 되어 등수 매기고 그것을 자기 것으로 평가할 수 없는데도, 건방지게 그런 잘못을 뻔뻔하게 저지른다.

인간이면 자기가 놓여 있는 세계가 중심이고 정상이라고 생각하는 것에서 벗어나기 힘들지만, 이것을 알고, 그것에서 벗어나려면 남(소수)의 시선으로 나를 남으로 생각하는 그런 관점을 지녀야 하고, 그러려면 책을 통한 깊은 성찰이 필수로 요구됨을 알아야 한다. 그럼으로써 다양성의 중요성도 차차 알게 되는 것이다. 결국은 책이 답이다. 책은 생각을 만들어 내기 때문이다.

사랑은 이루어지지 않지만

사랑은 이상(理想)이다. 사랑은 변한다. 사람들이 사랑을 최고로 치는 건 그게 잘 이뤄지지 않지만 깨끗하고 최고로 순수하기 때문이다. 거의 완벽에 가까운 이상이다. 드라마 같은 데서 보면 현실을 벗어나 사랑을 향해 가는 젊은 연인들을 주변에서 말린다. 현실을 제발 직시하라고 한다. 그들은 그 사랑이 실은 일시적이고 곧 식을 것이라 생각하기 때문이다. 그걸 지니면 후회하며 살 것이고 사랑을 좇아 현실을 외면하고 사는 삶이 결국 고단할 것이고, 지켜보는 자기도 덩달아 힘들 걸 알기 때문이다. 그래 실생활에선 뜯어말리는 그 주변인이 이긴다. 그런데 현실이 받쳐주는, 서로 맞는 그런 사랑이면 얼마나 좋을까. 그런 사랑이 대부분이다. 재벌은 재벌과 만나고, 고관대작은 고관대작끼리 만난다. 서민은 서민끼리 또 어울리는 것이고, 세상이 그렇다. 신데렐라가 왕자와 만나는 경우는 현실에서 잘 없다. 근데 그런 사랑이 진짜 순수한 사랑일까. 조건부 사랑은 아닐까?

그래도 거의 이룰 수 없는 사랑, 즉 이상, 완전함을 인간은 바라기 때문에 그것에 지지와 성원을 보낸다. 자기도 바라고 원하기 때문이다. 진정한 사랑을 그리며 현실의 고단함을 잠시 잊는다. 그러나 현실에선 거의 불가능하다. 그러나 잔인하고 냉정하지만 주변 사람들의 말이 대개 맞고 결국 이긴다. 참 불편한 진실이다. 왜냐면 일생에서 사랑은 일시적이지만 현실은 자신의 일생과 함께 하고, 늘 붙어 다니기 때문이다.

드라마나 영화에선 사랑이 곧잘 승리한다. 그러나 현실에선 그게 가능한 경우가 거의 없다. 현실에서도 그러면 사람들이 그를 비웃는다. 그리고 사랑만 좇아가는 친구나 자식을 보면 도시락 싸들고 다니며 말린다. "그건 이상이라고… 꿈에 불과하다고…" 실은 이상이고 꿈인 게 맞다. 그럼에도 왜 죽어라 진정한 사랑의 가치를 읊는 것일까. 실생활에서 현실을 이긴 사랑을 지킨, 사람이 거의 없음에도. 그건 잘 이루어지지 않으니 희소가치도 있는 것이겠고 현실에선 하지 못하지만 마음으로나 꿈에서라도 이루고 싶은 게 있어 그럴 것이다. 사랑 없는 자기 현실을 위로받기 위한 것이다.

첫눈에 반한 상대와 꿈에선, 사랑을 주고받고 그것을 성취한다. 그러고 싶은 것이다. 그걸 꿈이지만 한번 해보고 싶은 것이다. 그러나 현실에선 한때다. 한순간이다. 사랑은 현실에서 곧 사라질 운명이다. 우린 그래도 그러고 싶으니까 그것을 마음으로라도 기리며 그것을 꿈꾸니까 그래야 힘든 현실을 이겨나가니까 그것을 놓지 못하고 계속 추구하는 것이다. 그런 게 영화나 드라마에서 계속 우려먹어도 거듭 흥행하는 이유다. 비록 현실에서 이루진 못해도 그런 공상이나 드라마에서라도 이루어, 대리 만족하고 싶은 것이다.

인간은 이 마음이라는 게 있어 골치 아프다. 직진을 못 한다. 그냥 현실만으로 살아가지 못한다. 그것만으로 좋지 않고 뭔가 허전하기 때문이다. 너무 삭막하다. 마음을 들뜨게 하는 부푼 꿈을 앗아간다. 이 현실을 벗어난 어떤 공상을 바란다. 인간에게 마음이 있고 그로 인해 감정이 있기 때문이다. 그 공상을 구체화한 게 대개는 예술 작품이다.

그러나 사랑은 실은 현실에서 이루어지는 경우는 거의 없다. 그냥 대부분은 정(情) 때문에 사는 거다. 현실적으론 정이 더 무섭다. 멀어지면 그 정이란 것도 차츰 사라진다. 안 보면 마음도 멀어진다. 시간이 약이다. 그래도 그 빌어먹을 인간이기 때문에 현실만으론 살아가지 못하므로 사랑을 계속 꿈꾸는 거다. 인간에겐 이 마음이란 게 있어 그렇다. 현실로는 만족하지 못한다. 채워지지 않는다. 『매디슨 카운티의 다리』에서 메릴 스트립처럼 우린 그것을 찾아 떠나려 한다. 그러나 현실이란 게 발목을 잡는다.

현실에선 사랑으로 버무려진 정으로 살고, 꿈이나 공상에서 지고지순한 사랑을 꿈꾼다. 그래야 현실을 살기 때문이다. 사랑을 버리지 못한다. 꿈이기 때문이다. 인간은 현실과 꿈이 조화를 이루어야 그나마 계속 어려운 현실을 극복한다. 둘 중 하나라도 없으면 제대로 사는 게 아니다. 현실을 밟고 있으면서도 저 높은 꿈을 향해 마음은 간다. 이게 인간이다.

03

개인으로서의 나

자기에게 유리한 방향으로

안 그런다고 하지만 결국 자기에게 유리하게 움직인다. 남을 위해 평생 봉사하는 사람도 자기에게 그게 맞고 그 속에서 행복하니까 그렇게 하는 것이다. 아무나 못 한다. 타고나는 것이다. 그게 값진 것 같으니까 실제로 또 값지니까 자신이 그걸 선택했다. 자기에게 잘 맞는 것이다. 진정 자신이 좋아하지 않고 유리하지 않으면 그걸 평생 하질 못한다. 그게 가짜면 도중에 그만둔다, 남에게 보이기 위한 것이면.

나는 '자기를 실현하며 사는 게 가장 좋은 삶'이라고 나에게도 다짐하고 남에게도 그런 말을 들을 것 같으면, 즉 받아들일 만한 사람이면 이게 가장 중요하다고 말한다. 나머진 껍데기다. 자기에게 좋고 유리하고 행복한 방향으로 살아야 한다. 이것만이 '진짜'라고 나는 감히 말할 수 있다.

남 때문에 살았고, 너를 위해 나는 평생 희생했다며, 내가 지금껏 너를 어떻게 키웠는데, 하며 그 원망을 남에게 하는 사람이 있는데 실은 그런 인생조차 결국 자기가 선택한 것이다. 그는 그를 위해 하는 봉사가 그에게 맞는 그릇이었는지 모른다. 자기에게 맞는 그릇을 사는 동안 채웠어도 자기를 잘 모르니까 남들이 하는 것을 쫓기만 해서 그런 결과가 나왔을지도 모른다. 남이 하는 빛나는 것이 자기도 빛나게 할 것처럼 생각해 버린 것이다. 한 마디로 자기에게 맞는 떡을 손에 쥐고 있었으면서도 남의 떡이 더 커 보였던 것이다. 자기를 알지 못한 탓이다. 그 누구보다 자기 책임이다. 남을 원망하면 자기기만(自己欺瞞)이다. 자기가 선택해 놓고 이제 와서… 뭘 어쩌라고. 자기를 속이는 것이다. 자기의 잘못된 선택을 알고 있는데도 그걸 인정하는 게 힘드니까 남에게 덮어씌우는 것이다. 질이 안 좋은 사람이다. 자기가 잘못해 놓고 남을 탓하는 것과 같다.

그러지 않으려면, 껍데기가 아닌 진짜를 찾기 위해 자신을 알고 자신이 진정 좋아하는 것, 즐길만한 것에 자기 에너지를 온통 쏟아야 한다. 자기가 그것을 하면 진정 행복하고 유리한 것에 몰두해야 한다. 그래야만 남 탓 안 하고 자기의 인생을 온전히 꽉 채울 수 있다.

전업주부의 노동을 알아주지 않는다고, 그것을 돈으로 환산해야 한다고 말한다. 솔직히 그것 자체를 좋아하는 사람도 있을 것이다. 이해 안 가거나 이상한 사람은 많으니까. 나도 남이 도저히 이해 못 할 짓을 가끔 저지른다. 집안 꾸미기를 즐기는 사람을 나는 보았다. 거의 모두가 다 싫어한다고 전부가 다 그런 건 아니다. 그런 사람은 좀 이상한 사람이라 할 수 있지만, 이 세상엔 이상한 사람도 있으니까 남이 거의 별로인 것을 그는 좋아할 수도 있다. 나는 여행이 싫다.

근데 실은 알고 보면 자기만 정상이고 남은 자기와 같지 않으니까 다 이상한 것이다. 이유는 나와 다르니까. 집안을 깨끗이 하고 꾸미는 것을 즐기는 사람도 있다. 이건 어쩌면 타고난 것일 수도 있다. 그게 아니면 그렇게 줄기차게 지치지 않고 집 안을 꾸미지는 못한다. 그냥 자기가 좋아서 하는 것이라면 그는 어쩌면 돈으로 환산하는 것에 반대할 수도 있다. 자기 일에 큰 자부심을 갖고 돈으로 매길 수 없다고 여길 수도 있는 것이다. 그걸 돈으로 치면 그 가치는 떨어진다. 그 순간부터 그것을 하는 것에 의욕을 잃는다. 남을 보지 말고 자기만의 이런 걸 찾아내야 한다. 자기만의 그릇 찾기.

나도 내가 진짜 좋아하는 것에 몰두하는 게 먼저지, 그것으로 뭘 바라는 게 먼저는 아니다. 진짜 좋아하면 진인사대천명(盡人事待天命)이다. 그냥 열심히 했더니 사회적 좋은 결과도 따라오더라, 하는 것이다. 직장을 갖고 취미로서 자기 그릇에 몰두해도 좋다. 어쩌면 그것을 계기로 남들은 생각못한 직장에서의 창조성이 개발될지도 모른다. 물론 전혀 보상이 없으면 힘이 빠질 수도 있다. 그러나 그렇게 열심히 하는데 하다못해 작은 칭찬이라도 들을 것이다. 너무 좋아해서 늘 즐기면 그 기운이 남에게도 반드시 뻗치기 때문이다. 그냥 좋아하는 것은 꾸준히 된다. '즐기는 자'를 따라잡기는 어렵다.

이걸 각자 찾아야 한다. 자기가 진정으로 가지고 태어난 이것. 이것도 타고난 기질(氣質)인데, 나는 남을 만나면 힘이 빠져 푹 쉬어야 한다. 쉬면서 충전해야 한다. 그런데 활발한 사람들은 남과의 교류가 없으면 오히려 힘이 빠진다고 한다. 나는 이해를 못하겠다. 요즘 같은 코로나 시대에 그들의 우울증이 심각해지고 있다. 자기 취향대로 살아야 한다. 그걸 찾아내야 한다. 남 탓할 일이 아니다.

결혼도 그렇다. 처음엔 사랑일지 몰라도 나중에 자기 이익과 기질로 결혼생활이 이루어진다. 처음엔 사랑의 힘으로 자기 기질을 덮을 수도 있지만, 결국 오래 가는 기질로 돌아간다. 사람은 쉽게 바뀌지 않는다. 본래대로 돌아간다. 사랑이란 비정상이 기질이란 정상으로 돌아가는 것이다. 사랑은 한순간이고 조건을 한없이 따져 자기에게 과연 이 사람이 이익이 되나 따진다. 그것에 맞지 않으면 차라리 혼자 산다. 전에 남자들이 여자들에게 그 이기심을 강요했지만, 지금은 많이 백마 타고 오는 왕자를 기다리고 그게 왕자라고 생각되면 덥석 문다. 그러나 왕자는 오래 가지 못한다. 공주를 모시는 걸 즐기고 그런 게 타고나면 모를까. 일시적 감정 이상은 오래 가지 못한다. 타고난 자기 그릇을 가지고 승부를 걸어야 한다.

자기 인생에서 그 왕자가 자기를 실현하는데 사실 헌신과 희생만 하길 솔직히는 바란다. 대개 그렇다. 배우자의 성장을 바라기 이전에 자기 성장부터 챙기고, 더 나아가 그가 내 성장에 도움이 되길 강력히 바란다. 서로 반반씩이길 바라지만, 더 많이 내가 받을수록 배우자로서의 조건이 좋은 것이다. 실은 결혼에서의 배우자의 조건만큼 이리저리 따지는 관계도 드물다. 그러니 사랑으로 산다는 게 얼마나 힘든지 알 수 있다.

인간은 알고 보면 모두가 다 이기적인 존재다. 호모 사피엔스는 이기적인 유전자를 가지고 태어났다.

다 쓰고 재가 되어 죽자

　요즘은 차이를 말해도 차별을 말하는 것으로 알아들을 것 같아 함부로 말을 꺼내기도 힘들다. 개인 사이에도 차이가 있고 자기 타고난 기질이 다른데 하물며 남녀 사이에도 그게 분명 있을 것이다. 없는 게 더 이상하다. 그 차이를 알고 그 고유한 것을 잘 사용하자는 것이다, 내 일관된 주장은. 이미 갖고 태어난 걸 왜 쓰지 않는가. 그 것을 좋은 곳에 쓰면 된다. 나에게도 행복하면 되고.

　남녀엔 물리적인 게 분명 있다. 근력에선 여자가 남자를 못 당한다. 이런 차이를 언급하는 것에도 누가 물고 늘어지는 것이 아닌지 겁부터 난다, 요즘엔. 내가 나를 검열한다. 실은 표현의 자유가 제한되어 있는 것도 같다. 무슨 말을 못하겠다. 그리고 관계에 능한 여자는 남자가 하지 못하는 남의 입장을 빠르게 아는 공감 능력이 뛰어나다. 남자는 장소 이동 시 목표를 향해 그 목표와 상관없는 것이면 그냥 지나치지만, 여자는 그 장소에서 여러 가지를 경험하고 구경하려 든다. 안 맞아서 서로에게 불만이다. 성별 차이가 분명히 있다. 엄연히 있는 것을 외면하면 오히려 문제가 더 얽힌다. 모든 문제의 해결은 지금 눈앞에 있는 현상을 선입견 없이 직시하는 것이다. 어떤 것을 고려하여 외면하거나 못 본 척하면 일이 더 꼬인다. 모든 문제 해결의 출발점은 현실 직시에서 출발한다고 생각한다.

남자에게 성 감수성을 가지라고 하는데 여자는 그냥 아는 것인데도 남자는 솔직히 모른다. 이건 마치 이런 것과 비슷하다. 얼굴 인식기는 사람 얼굴을 알아보는데 엄청난 전산 자원을 필요로 한다. 근데 우리 인간끼리는 아는 얼굴인지 아닌지 금방 알아본다. 거의 이런 차이가 날 것 같다, 남녀 사이에. 여자를 알기 위해 남자에겐 꾸준한 학습이 요구된다. 그래도 모르니까 아예 항상 그것을 염두에 둔 다음에 다른 것을 생각하게 만들어야 한다. 언제 어디서든 항상 그걸 자동으로 의식하게 만드는 거다. 그다음에 다른 생각을 하고. 그러니까 헌법을 만들어 놓고 그걸 기초로 해서 다른 법률을 만들 듯이. 나중엔 남녀 구분 없이 그냥 같은 사람으로 의식하는 단계까지 가면 좋겠다. 그런데 아직까진 남성이냐 여성이냐가, 같은 사람 이전에 의식되고 있다. 이런 현실을 외면하면 안 된다.

남녀를 떠나 개인들 사이에도 분명 차이가 있다. 그 차이를 알고, 즉 자기가 가진 것을 알고 그것을 갈고 닦

으라는 말이다. 그러면 자신이 다른 것을 하는 것보단 확실히 빛을 볼 것이다. 무엇보다 자기에게 타고난 것이니까, 성취도 빠르고 그걸 하며 행복할 것이고 남에게도 좋은 영향을, 다른 걸 하는 것보다 더 많이 줄 것이다, 확실히.

일단은, 편견을 극복하기 이전의 현실을 인정하라. 아니, 차이를 알고 각자 맡아서 그것을 현재 문제 극복에 적용하는 것도 중요하다. 운동에 뛰어난 사람, 수리에 밝은 사람, 손재주와 눈썰미가 있는 사람, 내면으로 끝없이 침잠하는 사람, 노래를 잘 부르는 사람, 연기를 잘하는 사람, 남을 잘 웃기는 사람, 글로 남을 잡아끄는 사람, 다 다르다. 자기가 고유하게 가진 게 다르고 그것을 지금 여기서 펴라는 것이다. 과연 그것보다 더 중요한 게 있을까.

내가 운동을 못 하면 아무리 노력해도 잘하는 사람 반도 못 따라간다. 이게 불편한 진실이다. 그러니 자기가 지닌 것을 개발하는 게 낫다. 그러면 남 노력의 반도 안 했는데 남이 한 것의 배를 달성할 수 있다. 그거로 끝나는 게 아니라 그걸 하며 자기가 행복하다는 거다. 좋아하는 것을 넘어서서 그걸 즐긴다. 감히 그를 따를 자가 없다, 어림없다. 나는 아마도 죽을 때까지 이걸 강조하다 재가 되어 죽을 것 같다.

나는, 자신이 가진 것을 다 쓰고 죽으란 주의다. 차별과 혐오가 아닌 차이를 충분히 살리자는 것이다. 남자와 여자 사이에도 분명 차이가 있다. 남자는 여자보단 한 가지에 몰입하는 게 더 뛰어난 것 같고, 여자는 상대방의 의도를 더 빠르고 정확하게 파악하는 데 능한 것 같다. 여러 가지를 한꺼번에 하는 것에도 능하고. 이걸 사장하지 말고 살리며 살자는 거다. 대개는 더 강한 걸, 지금 지배하는 걸 목표로 따르려 한다. 주류에 끼려고 한다. 그런데 과연 그것에 닿으면 행복할까. 나에게 맞지도 않는 것인데. 강하고 권력을 잡은 것을 목표로 하지 말고 자기에게 맞는 것을 목표로 잡아야 한다. 그래야 하나의 목표를 향한 경쟁으로 다투지 않고 서로의 목표를 지지하고 응원할 것이다. 각자 목표가 다르니까 남을 밟고 오를 필요가 없는 것이다.

　남녀를 떠나 각자 가진 것을 파악해 그것을 펴야 한다. 즐기며 펴는 것이다. 나는 현실적인 것에 바탕을 둔 공자보단 장자 같은 사람을 더 따른다. 스케일이 더 크기 때문이다. 그러나 즐기는 자가 가장 뛰어나다는 공자의 말은 내 말의 핵심을 찌른 것 같다. 즐기며 자기의 것을 실행하면 아마도 자기가 재가 되는 줄도 모르고 죽을 것이다, 그러나 행복하게. 가장 잘 죽는 방법이 자다가 죽는 것과 자기가 좋아하는 것을 하며 죽는 것이라 하잖은가.

자기가 고유하게 지닌 것을 펴다가 에너지가 다 고갈되어 '기쁜 고통' 속에 재가 되어 죽는 것이다. 얼마나 멋진가.

할 수 있느냐 없느냐

살다 보면 이해 안 가는 사람들이 많다. 아무것도 아닌 일에 자기 목숨을 걸려고 한다. 그들은 왜 그러나? 사람들은 할 일이 없어 그런다고 한다. 맞는 말이다. 자기에게 뭔가 급박하고 절실한 것이 없어 그럴 것이다. 자기에 대한 사랑도 낮아 자기를 남들이 무시하는 것 같으니까 뭔가 나는 그렇지 않다고 급하게 보여주려니까 그리된 것 같다.

결국 그런 모습을 보고 사람들은 그를 더 무시한다. 그런 지질한 모습이 그걸 보여주기 전보다 남에게 더 많이 보인다. 악순환이다. 그들은 본때를 보여줄 거라 말한다. 지금 이건 자기 모습이 아니고 자기 진짜 모습은 다른 곳에 있다 한다. 그러면서 자기가 화나면 얼마나 무서운지 보여주려 한다. 그것이 자기에겐 지금 가장 중요하고, 마치 세상 끝인 것처럼 그것을 향해 대든다. 그게 자기 진짜 모습, 진면목이란다. 한 마디로 우습다. 그걸 보고 남이 겁을 먹고 빌면서 봐달라고 하기를 실은 바라지만 누가 그러겠는가. 결국 실패다. 그는 결국 그들에게 덜 위협적으로 된다.

급박하게 처리할 것, 아주 절실하게 해야 할 것, 아주 중요한 뭔가를 할 계제이면 그런 하찮은, 남에게 자기의 본 모습을 보여주려는 그런 쓸데없는 객기는 보이지 않는다. 그럴 시간과 필요가 상당히 없기 때문이다. 그냥 조용히 처리한다. 이런 식이라면 자기의 진짜를 보여주지 못한다. 가능하지 않다. 불가능하다. 그런 식으론 뭔가 절대 보여줄 수 없다.

그러지 말고 그냥 조용히 '자기를 알고', 자기가 좋아하는 것, 꾸준히 할 수 있는 것, 해도 해도 지루한지 모르는 것, 그래 성과가 나름 나는 것에 매진하는 게 낫다. 그 모습을 보고 남들은 그의 진면목을 볼 기회를 얻는다. 흰 셔츠를 걷어 올리고 자기 일에 몰두하는 남자에게 여자들은 혹 간다고 하잖은가. 자기만의 일에 대한 몰입이 답이다. 그래야, 자기의 본때가 비로소 남에게 보이기 시작한다.

그게 꾸준하면 남에게 믿음까지 준다. 차츰 그를 무시하지 못하게 된다. 뭔가 그로부터 배울 점이 하나 정도 생기기 때문이다. 자기만 할 수 있는 것을 했기 때문이다. 덤으로 남은 그걸 하며 진땀을 흘리지만 자기는 룰루랄라 하며 한다. 즐기는 것이다. 그래도 성과는 크다. 꾸준히 열정(熱情)을 다했기 때문이다. 열정이 있으니까 꾸준하다. 그걸 하며 '희열의 고통'을 맛봤기 때문이다. 그리고 그걸 하며 분명히 행복했을 것이다. 뭔가 절실한 것을 찾았기 때문이다. 조용히 수양하며 수행한 결과다.

뭔가 보여주려고 하는 객기는 사실 남에게 뭔가 보여주는 것에 항상 실패한다. 그냥 자신을 조용히 알고 자기가 할 것, 즉 가능한 것, 할 수 있고, 하면서 행복한 것을 하면, 불가능한 게 아니라 자기에게 주어진 조건에서 가능한 것을 찾아 하게 되면 차츰 남들도 그를 믿고 그의 본때를 보기 시작한다. 일부러 보여주려 하면 안 된다. 그냥 자연스럽게 그들에게 노출되어야 한다. 나는 그냥 행복해서 시간 가는 줄 모르고 했던 것이 그들에게 진면목을, 진국을 보인 것이다. 자기 운명을 탓하지 말고, 그럴 시간 있으면, 내가 가진 조건에서 과연 최선이 무엇인지 궁리해야 한다. 그러면 그림이 보이기 시작한다. 자기 앞날이 보이기 시작한다. 그렇게 되면 쓸데없는 곳에 목숨을 걸지 않는다. 그것이 쓸데없는 것이란 것을 안다.

그러면서 자기의 것을 끄집어내는, 자아가 진정 실현되는 것이다. 그는 아주 잘 살고 있는 것이다. 하지 못하는 게 아니라 하는 것에 목숨을 걸고 매달린 결과다.

할 수 없는 것에 매달리느냐 할 수 있는 것에 매달리

느냐로 인생은 결판난다. 이걸 잘 살리는 사람이 성공한 인생을 산다. 할 수 없는 것에 시간과 소중한 힘을 낭비하지 말고 제발 할 수 있는 것에 나를 걸자. 그러고는 그걸 하다 재가 되어 죽는 게 가장 값진 인생이라 생각한다. 또한 그건 가장 나다워지는 것이다. 이 세상 살면서 '가장 나다워지는 것'보다 더 중요한 게 있을까. 이것만이 진리라고 생각한다. 나머진 다 헛소리다.

소수의 빛나는 별로

중국인들은 자부심이 강한 것 같다. 물론 그들은 이름대로 세상의 중심처럼 유구한 역사를 지녔고 세상에 많은 영향을 미쳤다. 세상이 멸망하는 그 하루까지 마지막으로 남을 민족이다.

그런데 그들은 솔직히 개인이 아닌 집단 속에 묻혀 사는 거 같기도 하다. 집단의 힘이 너무 강해 감히 개인이 존재하지 못한다. 그래 독재도 쉽고 가능하다. 그들은 집단을 위해 개인을 처단한다. 개인이 억울하게 집단을 위한 희생이 될 수 있다는 얘기다.

그러나 개개인은 소중하다. 나는 개인보다 더 소중한 것은 없다고 본다. 종국엔 개인주의(個人主義)에 다다라야 한다. 한 인간과 한 개인과 바꿀 것은 이 세상에 그 무엇도 감히 없다. 인간 하나하나가 다 소중하다. 천상천하유아독존이다. 그래야 제대로 산다. 집단의 힘으로 개인을 억누르면 개개인은 그냥 가짜 행복에 만족하며 바보로 살다 그냥 갈 수도 있다. 자기를 펴지 못하고 자아실현도 어림없다. 그냥 둬야지 그를 억압하면 그의 본래가 사라지고 나타나지 않는다. 그에게 크나큰 죄를 지은 것이다. 개인은 한 영웅-영웅도 알고 보면 거품이 너무 끼었다-을 위해 존재해선 안 된다. 자기 존재의 소중함을 모르면 안 된다. 나는 집단이든 다른 개인이든 그 무엇과도 그 가치가 같지 않다. 나는 오리지 나일뿐이다.

인간이기 때문에 각자 빛나야 한다. 진정한 자기 빛이 살면서 그리고 죽어서도 나야 한다. 한 개인에게만 그것이 허용되면 안 된다. 이게 인간이 가장 자랑할 거리다. 힘에 의한 지배는 인간을 떠난 동물의 세계에서만 통한다. 그것이 허용되면 인간이라 할 수 없고, 그냥 동물과 진배없다. 인간은 자제와 절제가 존재할 이유다. 그게 사라지면 다른 동물과 다름없다.

그런데도 또 한 편, 마이클 잭슨이 얻은 것을 다 얻고도 백인 흉내를 내다 죽었다. 중국인도 세계를 제패한 다음 자기들이 그렇게나 싫어하던, 어찌 보면 멸시받던 백인 흉내를 낼지도 모른다. 인간은 상상 속에서나 하던 걸 다 이룬 다음-현실에서 힘이 세지면-에 그걸 마지막으로 하려고 하니까. 평시에 그걸 못해 한이 된 것이다.

남자는 돈이 없다 왕창 생기면 자기가 이상형으로 생각하던 여자를 돈으로 사려고 한다. 우리는 여유가 생기면 아마도 강남으로 이사 갈 궁리부터 할 것 같다. 하지 못해 그렇지 우린 평소 생각만으로 강남에 살고자 했으니까.

　인간은 주류를 지향한다. 돈만 많은 속물이나 강남을 욕하면서도 결국 그의 행동의 끝은 그것들인 경우가 많다. 결국 현실 속에 살고 그 주변을 외면하기가 쉽지 않기 때문일 것이다. 진보가 부자를 경멸하면서도 부자가 하는 짓보다 더 속물적인 짓거리를 하는 것을 보면 알 수 있다. 강남 좌파는 그걸 남에겐 하지 말라고 하면서 자신만은 그것에 절어 산다. 내로남불의 극치다. 이상을 말하면서도 결국은 현실의 힘에 굴복한 것이다.

　순진해서 그런 면도 있다. 현실을 너무 과소평가해서 그것에 그렇게 형편없이 나가떨어졌을 수도 있다. 인간이기 때문에 현실을 무시했다간 큰코다친다. 이게 인간의 원죄다. 이상만으론 현실의 벽을 뛰어넘을 수 없다. 왜? 우린 현실을 딛고 살아가기 때문이다. 현실이 무너지면 밑으로의 추락만 있을 뿐이다. 또 자기를 너무 과대평가해서 그렇다. 이상만 가지고 현실을 모두 해결하겠다고 겁 없이 덤빈다. 인간의 나약함을 알지 못해 그런 것이다. 인간은 비루하고 언제나 흔들린다. 불안을 먹고 산다. 순진하지 말았어야 했고, 또 현실 앞에 한없이 겸손했어야 했다. 바로 인간이 원죄(原罪)다.

그게 세상을 끌고 간다고 생각해서 그런지, 다수는 거기에 편입되지 못할 까봐 전전긍긍이다. 일생을 거기에 다 바치려고 한다. 이렇게 무난하게 다수 속의 모래알이 되느냐, 아니면 편하지 않더라도 밤하늘에 빛나는 영롱한 별이 되어 흐뭇한 미소를 지으며 생을 마치느냐, 전적으로 자신에게 달렸다.

다수 추구는 다수가 한다. 다수는 결국 그걸 하려고 한다.

또 그들의 수가 너무 많아 사람들의 기억에서 소환되지 못한다. 여기저기 흔해 빠졌다. 역사상으로도 남지 않고 롤모델로 삼아지지도 않는다. 서로 비슷해서 누가 누군지 모른다. 너무나 그 수가 많아 콕 집어서 누구를 선택하기도 그렇다. 그냥 모두 샘플이기 때문에 그들이 필요할 때 아무나 골라도 크게 어긋나지 않는다.

표현의 자유가 없는 중국에서 사는 것이나 같다. 특색이 없어 그렇다. 다 같은 소리를 한다. 자기만의 색깔이 없다. 이거 고르나 저거 고르나 마찬가지다. 중국에서 같은 소리를 내는 사람들 같다. 자본주의에 살아도 같은 소리를 내고 같은 인간형인 것은 중국 속의 인민이나 같다. 중국은 같아지라고 강제하지만, 자본주의 하에선 스스로 모두 같아지려 혈안이다.

　그 다수에서 벗어나 자기만의 삶을 살아 빛나는 별이 되어 역사적으로 남으면 단 몇 명이라도 그것을 본받으려 하고 그게 그들에게 어떤 희망을 주는 걸로 남을지도 모른다. 그는 다수를 따르지 않는 고통을 이긴 자기만의 행복과 이상을 위해 기꺼이 소수를 택했기 때문에, 자기가 진짜 좋아하는 것을 하며 평생을 보냈기 때문에, 일생이란 그 짧은 기간에 진정한 삶의 희열을 느꼈을 것이다. 그러나 현실에 바탕을 두고 이상을 꿈꿔야 한다. 현실을 직시하고 너무 거기에 빠지지도 너무 무시해도 안 된다.

　그게 중요하다. 자기의 진정한 삶의 진미를 맛보는 것이. 그리고 덤으로 남에게도 어떤 삶의 희망을 안겨주고 지금의 활기를 그 사람에게 주는 거. 나도 좋고 남에게도 좋은 일을 하며 일생을 보낸 거. 자기의 자연스럽고 타고나고 유일한 멋을 내는 거.

　그는 사람들 중 빛나는 하나의 별로 살았다. 그리고 행복했다. 리얼리스트가 되어 그래도 불가능한 꿈을 품자. 우리는 인간이기 때문이다.

안 좋은 일에서
좋은 점을 하나라도 찾아내자

"산 사람은 살아야지." 한다. 가까운 사람이 세상을 떠났을 때 곁에 있는 사람들이 당사자를 위로하는 말이다. 자살하거나 세월호처럼 자식이 먼저 가고, 사고로 혈육이 죽으면 지금 심정은 따라 죽을 것처럼 말하지만 인간은 냉정히 말하면 그렇게 되는 경우는 많지 않다.

삶이 지금보다 더 안 좋아지는 경우는 많다지만, 당장그와 같이 삶을 끊어버리긴 힘들다. 그와 나는 같은 처지도 아니고 사람 목숨은 한편으로 질기기 때문이다. 그렇지 못할 거면 차라리 죽지 않고 더 잘 사는 방법을 택하는 게 낫다. 물론 삶이 더 안 좋은 상태로 이어지는 게대부분인데, 그래도 목숨을 부지할 거라면 그것을 극복해야 하지 않을까. 너무 모질고 이기적이라고 해도 산사람이 그것을 끝내는 것은 쉬운 일이 아니기 때문이다.

그걸 운명이라고 해도 그와 같은 운명에 놓이기가 가능하지 않다. 삶은 사람 생긴 게 다르듯이 그 역정(歷程)도 다 다르기 때문이다. 차라리 그러지 못할 거면 냉정히 현재 놓인 것을 파악해서 다른 면을 보고 거기서 좋은 거 하나라도 찾아내거나 그것의 에너지로부터 뭔가 내가 사는 데 보탬이 될 것을 활용하는 게 낫지 않을까. 죽지 못할 거면 지금 펼쳐진 것을 그대로 받아들이고 운명이란 걸 껴안고 같이 가는 게 낫지 않을까. 운명조차 사랑하는 것이다. 그 모두가 실은 자기 인생의 한 조각들이다. 그런 것이 엮여 자기 인생을 만든다. 그렇게 생각하면 모두가 다 소중하다. 자기 인생을 하찮게 여기지 않는 한.

대개는 시간이 해결해 주고 그래도 아물지 않으면 그 에너지로 더 나은 삶을 운영해 보자는 말이다. 그 에너지는 '자기가 가진 것'을 맘껏 펴는 데 쓰면 좋을 것이다. 승화(昇華)시키는 것이다. 실은 이런 것도 있다. 너무 기가 막힌 불행을 당하면 엄청난 에너지가 솟아 거의 못할 것이 없다. 사르트르의 『존재와 무』 같은 어려운 철학서도 마치 내 얘기를 하는 것처럼 나에게 체화(體化)된다.

"내 삶이 이런 식으로 전개되는 것을 어쩌라고, 나는 그것을 그대로 짊어지고 갈 뿐, 그것대로 나를 실현할 수밖에 없는 것을" 하며.

사람에겐 반드시 나쁜 일이 일어난다. 또 좋은 일도 일어난다. 그 나쁜 일이나 좋은 일도 자기가 생각하기 나름일 수 있다. 일생 평균해서 모든 사람이 다 비슷하다는 말도 있다. 나쁜 일이 상대적이지만 좋은 일이 있다는 것은 나쁜 일이 먼저 존재하고 그것을 인식하고 있다는 말이다. 짝을 이루는 것이다. 그러니 나쁜 일이 안 일어나는 것은 불가능하다. 밤이 있으니 낮이 있는 것과 같다. 밤이 일어나지 않으면 낮도 일어나지 않는다. 환한 것은 어둠을 전제로 할 때 가능하다. 나쁜 것도 좋은 것을 전제로 한다. 계속 좋기만 한 건, 그것을 알지 못해 좋은 것도 아니다. 나쁜 것이 아니면 좋음을 느끼거나 경험하지 못한다. 좋음을 위해 꼭 나쁨이 있어야 한다. 좋음은 나쁨이 없으면 존재하지 않고 탄생하지도 못한다.

오래 살던 부부가 황혼이혼도 하고 자식이 먼저 죽기도 한다. 그것에 절망한다. 그렇더라도 죽지 못할 거면, 모든 안 좋은 일엔 반드시 좋은 일도 있다고 생각하며 스스로 위로하고 계속 삶을 살아가야 한다. 그 나쁜 일엔 반드시 좋은 일이 있다는 걸 알고.

코로나가 계속 유행인데 그렇더라도 그게 사람들에게 환경과 소수자에 대한 생각을 새삼 일깨우는 계기도 되었다. 인간의 어리석음을 깨닫게도 되었다. 미세먼지는 줄어들고 다시 바닷가에 보이지 않던 거북 무리가 나타났다.

안 좋은 일엔 안 좋은 일만 있는 게 아니라 조금만 달리 생각해보면 좋은 일이 반드시 있게 마련이다. 이건 뭐든 마음 먹기에 달렸다는 자기계발서 류가 아니다. 죽지 못할 거면, 그걸 그대로 운명으로 받아들이라는 말이다. 현실을 직시하라. 그리고 그 불행 에너지를 낭비하지 말란 말이다. 자기실현(自己實現)에 자기 삶의 하나인 그 소중한 것을 쓰란 말이다. 그걸 진실 삼아 계속 살아가야 하지 않을까. "방금 내게 안 좋은 일이 일어났어, 좀 시간이 지난 다음 거기서 좋은 걸 찾아보자"하며. 처음 알게 되고 겪어보는 자기만의 에너지를 무기 삼아.

내가 시골로 가는 까닭

내가 퇴직하고 시골로 가는 이유는 '삶의 본질'을 모른 채 그냥 죽어버릴까 두렵기 때문이다. 도시에선 그걸 아는 게 쉽지 않다. 나는 인간 심리와 세상이 돌아가는 원리, 인간의 욕망 같은 걸 팔 생각이다. 도시에선 이게 힘들다. 아니 할 수는 있겠지만, 더 깊이 들어가진 못할 것 같다. 이걸 하는데 도시는 나에게 너무나 많은 방해꾼들을 제공한다.

나는 이미 나를 잘 안다. 나는 이제 책을 떠나 골방에서 책을 읽고 글을 쓰지 않고는 살지 못한다. 그러려면 복잡하고 시끄러운 도시보단 조용하고 새소리 나고 공기 좋은 시골이라야 한다. 도시에선 내 능력을 70% 정도만 발휘하지만, 시골로 가면 그게 100%가 될 것 같기 때문이다. 한 마디로 시골이 나에게 더 잘 맞는다. 살벌한 도시 경쟁에서 지고 자기합리화를 위해 시골로 도망쳤다고 해도 할 수 없는 일이다. 나에겐 이게 지금 최선 같기 때문이다. 하고 싶은 건 일단 하는 게 맞다.

나는 퇴직하고 시골에 집을 짓고(지금 아이들과 그러려고 돈을 모르고 있다. 땅은 이미 있다) 거기서 묵으며 아이들이 놀러 오면 텃밭에서 딴 상추와 쌈장과 고기를 구워 먹고, 된장찌개에 호박과 감자와 풋고추를 넣어 먹고 싶다. 완전 자연산 캠핑인 것이다. 또 차를 몰고 시골 도서관으로 가서 책을 읽고 지금의 연장으로 글을 쓰고 돌아오는, 그런 낭만적인 전원생활을 할 것이다. 아마도 거기서 책을 또 낼지도 모른다. 아마 지금 상태라면(계속 책에 빠져 사니) 1년에 한 권씩 책을 낼 것 같다. 지금으로선 전부 에세이집이다.

그러나 남의 사정을 알지도 못하는 사람들은 시골 인심이 더 각박하고 텃세가 심하다며 안 좋은 소리만 해댄다. 잘 알지도 못하면서 하는 소리다. "그게 되겠어?" 하며, 해보지도 않고 안 된다는 소리만 해댄다. 훼방이나 놓자는 심보다. 물론 시골이 단점도 있을 것이다. 불편하고 아플 때 응급조치를 누가 하나? 그러나 나는 시골에서 20년을 살았다. 시골을 잘 안다. 막연히 아는 게 아니라 아주 네겐 체화되었다.

아마 나는 죽은 지 열흘 후에 발견될지도 모른다. 아니면 더 오랜 시간이 흐른 후에. 그런데 죽으면 끝이다. 내 의식은 없다. 거기서 맘 편히 좋은 거 하며 행복한 생활을 하는 게 낫다. 죽으면 아무것도 모르기 때문이고,

썩어 구더기가 들끓는 건 산 사람이 보는 것이고 죽은 나는 그걸 보지 못한다는 게 중요한 거 아닌가.

그런 걸 뛰어넘는 더 좋은 장점이 많아 시골을 택한 것이다. 남은 내 구체적이고 특수한 사정을 모른다. 그냥 일반적으로 남들이 떠든 내용을 앵무새처럼 내 앞에서 지껄일 뿐이다. 질투가 나서 그런 것일 수도 있고, 내가 그런 말을 하는 그 자체를, 현실을 직시하지 못하는 그 순진함과 뜬구름 잡는 이상만 늘어놓는 소리에 일격을 가하고 싶은, 그런 것이 작용했을 수도 있다. 나를 눌러버리고 싶은 것이다. 자기와 가치관이 다른 것에 평소 불만이 쌓여 그럴 수도 있다. 그러나 나는 그런 것도 다 뛰어넘어 내가 솔직히 좋아서 가는 것뿐이다, 그들이 뭐라든. 그들은 그들이고, 나는 나이지 않은가. 실은 뭐든 자기가 우선이어야 만사가 잘 풀린다.

그냥 살면 흐지부지 죽을 것 같아, 그게 더 두렵다. 나를 실현하지 못할 것 같아. 내 최대 목적이 나를 실현하는 것이다. 내 삶의 끝이다. 나는 그냥 죽고 싶지 않다. 세상의 본질, 인간들 간의 미묘한 심리작용도 모른 채 죽는 게 두렵다. 나는 살며 '자아를 실현'하는 걸 가장 잘 산 인생이라고 생각한다. 이루기가 어려워서 그렇지, 실은 그것보다 더 좋은 가치가 있을까.

사람들과 부딪치며 경쟁하는 건 내 체질과 기질에 맞지 않는다. 더 얻겠다고 남들과 하는 거래가 나는 싫다. 원래 그런 게 사는 거라지만 나는 그게 싫다. 싫은 걸 어쩌라고? 사람들과 얽혀 서로 주고받는 그런 게 싫다. 귀찮다. 던져버리고 그 관계를 끝내고 싶다. 꼭 시간 낭비 같다. 그냥 줘버리고 내가 좋아하는 곳으로 얼른 돌아가고 싶다. 내성적이라 남과의 흥정이나 다툼이 거북하다. 물론 해봐야 질 게 뻔하니 그런 것도 있지만 솔직히 그래봐야 에너지 소모만 되고 별 소득이 없다는 걸 알기 때문이다. 한마디로 그런 건 나와 맞지 않다는 걸 아주 이전부터 알았기 때문이다. 그 싸움에서 이겨도 개운하지 않다. 행복하지 않다.

나는 시골이 일단 고요해서 좋다. 그리고 맑은 공기. '나는 자연인이다'가 나와 아주 잘 맞는다. 풀 냄새와 나무 냄새, 새소리도 좋다. 울창한 계곡에서 불어오는 시원한 바람도 좋다. 한여름인데도 시원하다 못해 서늘한 골짜기의 가재를 잡는 것도 좋다. 그 바람에 실려 오는 그 원시적인 내음이 나를 최고의 희열 속으로 빠지게 한다. 시골의 겨울 밤은 어떤가. 흰 눈이 온 세상을 덮고 있고 하늘에서 쏟아지는 별들 사이에서 서늘한 푸른 빛이 짐승의 숨을 토해낸다. 별빛 하늘과 흰 눈의 땅은 일체가 되어 이불 속처럼 포근하다. 그런 것들이 책과 함

께 있으니 얼마나 좋은가. 나에게 최고다. 이보다 좋을
순 없다. 그 이상은 없다. 환상의 조합, 시골과 책!

그리고 무엇보다 나는 그런 시골에서 책만 읽고 글만
쓰는, 그런 생활을 동경해 왔다. 서로 잡아먹는 경쟁이
싫다. 그런 가운데 나는 그 속에서 행복하고 충분히 만
족할 것이다. 조용하고 공기 좋고 소음이나 사람들의 방
해도 받지 않는, 그런 곳에서, 나는 책하고 씨름할 것이
다. 나는 확신한다. 도시의 경쟁에서 진 루저라고 해도
좋다. 그런 수모를 받는 것이 내가 책과 함께 하는 시골
을 절대 이기지 못한다는 것을 안다. 천하무적이다. 그
거면 된다. 더 바랄 게 없다.

그리고 나는 예술가들, 특히 작가(作家)들 말만 듣고
그들의 말은 무조건 따를 것이다. 그들이 순수하기 때문
이고, 고생에 비해 자기 개인보단 인류를 위해 하는 일
이 더 많기 때문이다. 그게 운명이더라도 그들 스스로
고난의 길을 택했기 때문이다.

자기 것을 빨리 인정하는 게 낫다

우리는 운명을 깨부수고 거기서 나와 자기의 인생을 개척해 다시 만들라고 한다. 말은 좋다. 말로는 뭘 못 하나? 그걸 듣고 있으면 기운이 나고 뭔가 생기가 넘친다. 그들이 하는 말은 희망 고문이고 사기꾼의 혀 놀림이다. 나에게 맞는 게 중요하다. 나에게 맞지 않으면 다 헛소리에 불과하다. 그들이 하는 소리는 자기 입장에서만 하는 소리에 불과하다.

되돌아보아 자기 인생을 30년 정도 더듬으면 자기 생각대로 산 것을 알게 된다. 자기가 대통령이 되려고 기를 쓰고 거기에 목숨을 걸고 끝없는 열정을 가지면 그렇게 되기 쉽다. 이런 생각을 갖고 살면 그 뜻한 바대로 대개는 된다. 그 근처까지 안 하는 것보다 더 가까이 간다. 하늘은 스스로 돕는 자를 돕는다. 그가 관심을 갖고 거기에 온통 정신을 쏟으니 남도 그 정성으로 그를 돕고 싶어 한다. 그러나 그걸 그가 좋아해야 한다, 열정이 식지 않게. 대개는 타고나는 것이다. 대개는 정해져 있고 그것을 인정하고 그 운명을 사랑해야 한다. 그건 아마도 나에게 타고난 기질(氣質) 같은 것이다.

그러니까 자기의 그릇을 우선 대강 그린 다음 거기에 올인 하는 게 더 나은 인생 같다. 남의 떡이 더 커 보이고 출세가 인생의 유일한 성공인 듯이 거기에 매달렸으나, 그게 자기의 기질이나 그릇 모양이 아니면 바랐던 성과도 이루지 못하고, 혹 성과가 나오더라도 그것에 만족하지 못하고 뭔가 억울하다는 생각이 팍 드는 순간, 우리 인생은 여기에서 그만 끝이다. 삶은 길지 않다. 자기 성향(性向)대로 안 살고 남만 좇았기 때문에 나온 결과다. 내향적인 사람이 외향적인 사람을 흉내 낸 결과다. 비참한 일이다.

이건 네 그릇이 그만큼 작으니 네 분수를 알고 한눈팔지 말라는 부정적인 소리가 아니라 오히려 자기의 그릇을 적극적으로 이용하라는 강한 긍정의 메시지다. 실은, 자기의 타고난 그릇을 잘 활용하는 게 가장 잘 사는 비결이다. 이 세상에서 이것에 앞서는 가치는 없다. 그러나 현실에선 자기 것을 온전히 펴지 못하고 생을 그냥 마감해 버리는 사람이 많다. 이미 자기 것을 마음대로 편 자들(사회가 그들만을 치켜세운다), 기득권자들, 주류가 그것을 막아버려 그런 면도 다분한데, 그건 무시해도 좋다. 대신 자기 것을 펴는 데 최선의 노력을 다해야 한다. 이런 것에 앞서 그들이 하는 소리는 말장난에 불과하다. 그들은 이미 가진 자기 것만을 지키기 위해 그런 소리를 지껄이는 거니까.

운명에 맡기고 사회의 흐름이 부정(不正)해도 그냥 받아들이라는 말이 아니라 자기에게 맞게 살란 말이다. 자기가 내부로 향한 것에 몰두하여 희열을 맛보는 것에 탁월하면 인간의 본질을 파는데 전심(專心)을 기울이고, 자기의 타고난 그릇이 부정(不正)한 사회를 근본적으로 변혁하는 것이면 그것에 전념해 자기를 한껏 펴란 말이다. 자기의 신성한 역할을 귀하게 여기란 말이다. 남의 역할은 남의 것일 뿐이고 내 고유한 역할은 따로 있다. 자기에게 주어진 운명적 그릇을 썩히는 어리석음을 멈추란 말이다. 그것보다 불행한 일은 없다. 자아실현(自我實現)이 최고의 가치다.

그러니 자기 그릇대로 자기 분수를, 자기의 그릇을, 자기의 타고난 기량을, 자기의 성정(性情)을, 자기의 기질을 알고, 즉 나를 잘 알고, 거기에 맞게 열정을 쏟고 그걸 하며 행복하고 충만하게 사는 게 백배 나은 인생이다.

자기 알기→기질→몰입(물아일체)→행복(즐기기)→습관→자아실현(자기만의 것 펴기)

내가 일전에 〈스파르타쿠스〉를 보았는데, 너무 잔인

하여 사람 목이 달아나는 것은 예사고, 섹스 관념도 지저분해 자기 부인이 보는 앞에서 그 짓을 하인과 버젓이 하고, 남편의 거시기를 하인이 빨고 부인의 거기를 하인이 워밍업시킨 다음에 그 부부는 그 짓거리를 그들이 보는 앞에서 하는 장면이 고스란히 나온다. 너무 폭력적이고 외설적이다. 정말이지 청소년 불가 끝판왕이었다. 남과 같이 보거나 권할 것은 절대 못 되고, 오직 혼자만 봐야 할 드라마였다.

하여간 얻을 거라고는 없는, 자극적이고 선정적이고 폭력적인 내용만 나오는데, 그런데도 그런 황량한 사막에서 오아시스 하나를 건졌다. 그건 검투사 양성도를 운영하는 주인이 그 위 신분인 지방관에게 자기도 정치를 할 수 없냐고 하니까 '자기가 잘 할 수 있는 걸 하라'고 충고한다. 당신은 검투사 양성이 잘 맞는다며.

정치인은 정치 그릇이 따로 있고, 검투사 양성소를 운영하는 자는 그것에 맞는 자기 그릇이 있다는 말을 하는 것인데, 그것만이 나에게 확 닿았다. 이 드라마를 본 것 중 이거 하나라도 건진 건 그나마 다행이었다. 그렇잖으면 그 많은 시간을 낭비만 할 뻔했다.

그 정치인의 말이 맞다고 본다. 자기 밥그릇을 얼른 찾고 그것에 자기 열정을 쏟는 것이다. 사실 그 찾아낸 것보다 자기가 더 열정을 쏟을 건 없다고 본다. 그만큼 그런 자기 찾기는 자기 인생에서 정말 가장 중요한 문제 같다. 사실 알고 보면, 교육의 최종 목표도 한 개인의 '자아실현'과 '자기가 가진 것의 행복한 발현' 아닌가.

누구는 너 아니었으면 그렇게 살진 않았을 거라 곧잘 말한다. 그러나 그건 그럴 만해서 그렇게 된 것이다. 모든 인생은 결국 자기 선택의 결과다. 자기가 선택해 그렇게 살아놓고 남 탓하는 건 자기 인생에 대한 예의가 아니다. 자기를 기만하는 행위다. 자기도 자신을 속이고 있다는 걸 잘 안다. 그러나 솔직한 것이 두려운 것이다. 자기 인생의 초라함을 대하는 게 무서운 것이다. 자기를 그대로 인정하는 것을 견디지 못할 것 같으니까 남 탓을 하며 보상받으려는 것이다. 자기 민낯을 정면으로 대할 용기가 없는 것이다. 솔직하지 못하다.

그는 다시 살아도 그와 비슷한 삶을 꾸려나갈 것이다. 차라리 그냥 내 삶의 그릇은 이거니까 거기에 맞게 최적화(最適化)해 사는 게 낫지 않을까. 빨리 자기 인생 그릇을 받아들이고 인정해야 한다. 그래야 좀 더 나은 인생이 만들어진다. 그의 삶의 모습은 거의 이미 그의 생각 속에 있는 거니까. 인생 한계 내에서 최선을 다하는 게 아름다운 인생 아닐까. 유명 연예인과 대통령을 모두 다할 수는 없는 거니까.

진짜 돕기

자기에게 진정으로 도움이 되어야(이 세상 그런 사람이 있는 것이 고맙다), 마음에서 우러나 진정으로 돕는다. 그렇지 않은 경우엔 겉으로만 그런 척한다. 시어머니보단 친정엄마가 진짜로 여자에게 실질적으로 도움이 되게 돕는다. 친정엄마에게 진짜 딸의 성장이 자기에게 좋은 의미로 이득(뭐든 다)이 되기 때문이다. 이 관계는 속으로도 돕는다. 그러나 시어머니는 겉으로만 돕는 척한다. 속은 솔직히 어떨지 모른다.

나를 계산해 돕느냐 아니면 진짜 나에게 도움이 되게 돕느냐 그것이 문제로다. 물론 겉으로만 도움 받는 것도 나에게 도움이 될 수 있다. 그러나 그런 식으로 받으면 부담스럽기만 하다. 꼭 빚진 것 같다. 언젠가는 꼭 갚아야지 하는 마음을 갖게 만든다. 내 가치가 그가 평가해 떨어지면 바로 도움을 끊는다. 조건 원조다. 절대적인 도움이 아니라 상대적으로 돕는 것이다. 조건에 따른다. 그때그때 다르다. 나에게 상대가 도움이 될 때만 도와준다는 조건이 있다. 끊고 싶어도 그렇게 안 되는 관계가, 상대가 내가 사는 세상에 너무 얽혀 있어 그렇게 하지 않을 수 없는—운명적으로 엮인— 관계라야 진짜 돕는다.

조건 없이 돕는 관계는 부모와 자식의 관계가 흔한데, 이것은 도움을 받는 자식에게도 도움이 되지만 도움을 주는 부모에게도 도움이 된다. 인간이 사는데 사심 없고 조건 없는 그런 도움이 있다면 그는 세상을 긍정적이고 낙관적으로 살아갈 확률이 높아진다. 자존감도 높아진다. 상대는 언제나 든든한 나의 후원자다. 둘 사이에 아무 조건이 없다. 그냥 그렇게 된 관계다. 인위적인 관계가 아니다. 그런 관계는 없고 계산으로만 존재하는 관계만 수두룩하면 세상을 삐딱하게 보는 밑천이 된다. 그에겐 절대적으로 믿는 관계가 존재하지 않기 때문이다. 세상 믿을 놈 하나 없다고 생각한다. 그리고 나를 전적으로 믿고 어떤 상황에 처해도 도와주는 그가 늘 곁에 있다고 믿으면 나는 계속 살아나갈 수 있고 남에게도 후하다.

조건 없이 주고 싶은 사람이 많고, 믿을 사람이 많은 사회가 건강한 사회와 개인을 만든다. 믿음이 없는 사회는 온통 주변이 적들뿐이다. 그들의 행복은 곧 나의 불행이다. 제로섬 게임이다.

내가 누구에게 조건 없는 도움을 받는 관계가 있다면 나는 행복할 것이다. 그런 관계는 세상을 믿음으로 살아간다. 그에게서 도움을 받아도 조건이 없기 때문에 부담스럽지 않아 마음도 편하다.

부모 자식이 아니라도 상대가 '참 순수하다'는 생각이 들면 그 순간만큼은 조건 없이 주고 싶어진다. 우리가 상대와 아무 이해관계가 없음에도 돕고 싶은 건 왜일까. 그가 나를 인정하고 알아주고 나와 생각하는 가치관이 비슷한 것 같고, 같은 방향을 행해 이 세상을 같이 살아간다고 생각할 때, 외로워도 그가 늘 내 곁에 있다고 느낄 때, 그는 참 이 세상에 필요한 사람이라 생각해 계산 없이 주고 싶어진다. 상대가 계산적이지 않을 때 더 많이 돕니다. 계산적인 관계는 계산적인 관계만 있을 뿐이다. 서로 간에 조건만 있고 믿음이 없기 때문이다. 열 중에서 아홉이 계산적이어도 하나만 조건이 없다면 괜찮게 살아간다. 그게 하나도 없다고 느낄 때가 문제다.

한번은 가게에서 주인이 그 딸에게 좀 실속 있게 장사하라는 말을 옆에서 듣고 그다음부턴 그 가게에 절대 가지 않았다. 나에게 음식을 줄 때 집밥까진 아니어서 계산적으로만, 무슨 상품처럼 대할 것 같아- 실속있게만 (자기 잇속만 차리고)- 그래 소화가 안 될 것 같아 그랬다.

그들은 나를 물건 취급했다. 그들에겐 내가 하나의 인격체인 사람이 아닌 것이다. 나는 어느 식당에 가서 '어서 오세요'가 아닌, 뒤돌아보지 않고 등을 보이며 코로나 기록이나 하라고 하면 그냥 나와 버린다. 나를 상품 취급했기 때문이다. '저 인간, 아침부터 왜 왔나' 하고 나를 반기지 않았기 때문이다. 너무 기분 나쁘다. 그것을 감수하며까지 그곳에서 밥을 먹을 자신이 없다, 나에게는. 먹은 게 체해 밖으로 게울 것 같다.

마음에서 우러나 돕고 싶은 사람이 자기에게 많으면 상대는 도움 받아 좋고, 주는 나도 주면서도 좋다. 자기와 같은 동지가 이 세상에서 같이 숨을 쉬고 있는 것만으로도 가슴 벅찬 일이다. 아무튼, 그를 돕고 싶어 하는 그 마음이 있으면 자기도 좋다. 조건 없이 돕고 싶은 사람이 주변에 있다는 게 얼마나 행복한 일인가. 지금 그 순간은 즐겁고 가슴 벅찬 순간이다. 그것만으로도 좋다. 순수하게 돕고 싶은 사람이 지금 내 곁에 있다는 것이.

약자가 되면 우리 소리가 들리려나

　지금은 서양 백인 남자가 가장 힘이 세다. 이들에게 욕해도 뭐라 하지 않는다. 그들이 우리도 죽을 맛이라고 어디에 하소연이라도 하면, "먹고 살 만한 것들이 뭘 그러냐."고 오히려 지청구를 날릴 것이다. 지금은 그들이 제일 강자이기 때문이다. 한국은 중년 남자다. 솔직히 수가 적으면 약자도 아니다. 여러 명에게 공감 받지 못해 그런 것이다. 공감해주는 사람이 많아야 약자로 진입한다. 그 말을 했을 때 여럿이 고개를 끄덕여줘야 한다. 그걸 겪거나 해본 사람이 많아야 한다.

　그 약함이 사회적으로 통용되고 그 수가 어느 정도 수준이어야 공동의 '소리 지름'이 먹힌다. 즉, 관심을 가진다. 전엔 택배가 진정한 약자(소리 질러도 누가 거들떠도 안 봤고, 그 수가 적었던 시절의)였지만 그 수가 많아지면서 이제 알아주는 약자로 진입했다. 지금은 노동자여도 정규직은 약자가 아니다. 귀족 노조로 불린다. 비정규직이어야 한다.

　전엔 알바를 많이 하지 않아 아르바이트생이 약자가

아니었다. 그 수가 적으니 여러 사람의 공감을 얻을 수 없어 그렇다. 지금은 고깃집에 가도 고기 썰어주는 사람에게 함부로 하지 않는다. 이젠 자기도 그걸 해봤기 때문이고, 지금은 그걸 또 한 사람이 많아져서다. 군대에서 축구 한 얘기가 서서히 안 먹힐 수도 있다. 아이들이 줄어 군인들도 그 수가 점점 줄기 때문이다. '맘충'과 '노키즈존' 생긴 건 그 수가 점점 줄어들기 때문이다. 나이가 되어 결혼하고 애를 전처럼 많이 낳는다면 자기도 애를 기르기 때문에 그들을 그렇게 부르지 않고 그런 곳도 만들지 않을 것이다. 지금은 수가 적기 때문에 공감 받지 못한다. 점점 더 그럴 것이다. 전엔 어디서나 엄마와 아이가 등장하면 환영했다. 거기다가 뭔가 도와주려 하고 안쓰러워했다. 지금은 어림없다. 그 자리를 피하고 싶어 한다. 전에 엄마와 아기를 도운 건, 나도 그것을 해보았고 앞으로 분명히 할 것이기 때문이다. 그걸 하거나 할 사람이 줄어들면 지금도 그걸 하는 사람은 소수자로 전락해 설움 받는다.

　대신 편의점에서도 전엔 마음대로 술주정을 부렸지만 이젠 그런 사람이 많이 줄었다. 그때는 틀리고 지금은 맞기 때문이다. 편의점 알바생 수가 많이 늘어난 것이다. 그것을 공감해주는 사람이 많이 늘었다는 말이다. 그들의 심정을 바로 내가 아는 것이다. 나도 해봤기 때문이다. 그걸 다 같이 해본 사람들이 많아야 한다. 아니면 비슷한 거라도. 월남전에 참전한 사람들의 부르짖음에 누가 요즘 귀를 기울이나. 우리가 거기에 귀를 기울이지 못하는 것은 그들은 이제 일부이고, 그래서 공감하는 사람이 많이 줄었기 때문이다. 약자도 많은 수의 공감이 중요하다. 그래야 약자들의 소리가 들리기 시작한다.

사회적으로 용납되는 일을 하고, 약자이고 그 수가 많아져야 진정 약자의 대열에 진입한다. 언론도 이제야 이들에 관심을 갖기 시작한다. 언론이 흐름을 타고 다루는 주제와 비슷해지고 약자들은 언론이 반응하도록 충분한 소음을 내기 때문이다. 서로 상부상조하는 것이다. 한쪽에서만 외치면 시너지가 나지 않는다. 손뼉도 쳐야 소리가 난다. 그들은 흐지부지될지도 모른다. 언론이 그들을 띄워주지 않기 때문이다. 언론은 먹힐 것만 다룬다. 정말 싸가지 없다. '기레기'들이다.

이제 욕할 곳도 얼마 남지 않았다. 그 남은 곳에 마지막으로 그것마저 사라지기 전에 보복을 하는지 실컷 퍼붓고 있다. 그 대상이 되지 않기 위해 피해 다녀야 한다. 언젠간 나도 약자로 진입할 때까지. 얻어맞지 않는 약자에 빨리 속하고 싶다. 왜냐면 나는 내가 약자인데 사회에서 아직 그렇게 취급해주지 않기 때문이다. 세상이 이렇다.

나는 그 대상이다. 아직 약자가 아니다. 중산층이고 정규직이고 중년 남자이기 때문이다. 내가 하는 소리는 잘 듣지 않는다. 힘들다고 소리 지르면, '어느 정도 갖췄으면서 뭘 떠드냐'며 비난이나 안 당하면 다행이다. 아직 약자가 아니기 때문이다. 그 수도 적고 사회적으로 공감해주는 사람이 적기 때문이다. 약자도 흐름을 타야 한다. 아무 때나 소음을 내면 안 된다. 괜히 내 입만 아프다. 소리에 비해 효과가 적기 때문이다. 어디 가서 죽어도 개죽음이다. 사회에서 약자로 치지 않으면 억울하다고 소리 질러 봐야 소용없다. 약자 조건을 충분히 갖춘 다음에 소리 질러라. 요령껏 지껄여야 한다. 아직 사회에서 약자로 쳐주지 않으면 쥐 죽은 듯이 살아야 한다. 더 기다려야 한다, 약자가 될 때까지, 그 보호 영역에 진입할 때까지. 노인이 되면 된다. 늙으면 되는 것이다. 더 나이 들어야 한다. 진짜는 갑부인데 재산이 아무것도 없다고 국가에 등록되어 기초생활수급을 받는 인간들이 있다. 약자처럼 보이기 때문이다. 국가의 혜택을 받으려면 약자가 아니라 약자처럼 보이는 게 중요하다.

일단은 퇴직해서 직업이 없어야 한다. 그리고 범죄가 아닌 사회적으로 허용된 성실한 일을 해야 한다. 그리고 불쌍하게 보여야 한다. 겨우 먹고 사는 것보다 그렇게 보이는 게 중요하다. 내 나이 또래가 많으니 그들이 약자로 진입하면 그 수가 많기 때문에 그때는 약자의 대열에 들 수 있다. 이제야 우리 말이 먹히기 시작하고, 누가 우리 욕을 해도 편들이 주는 사람들이 많을 것이다. 그러면 이제 약자로 진입한 것이다. 지금은 조용히 책이나 읽고 글이나 쓰면 된다. 아직 약자가 되지 않았으니까. 아, 빨리 약자가 되고 싶다, 아니 약자처럼 보이고 싶다. 그래서 실컷 보호받고 싶다.

내가 왜 이러나? 사회는 내 속을 모른다. 사람 하나하나의 속을 모른다. 겉으로 드러나는 것만 보고 판단한다, 그래서 그러는 거다. 누구나 다 그렇다. 잘 모르면 그냥 그를 하나의 묶음으로 같이 취급해 버린다. 하나하나의 남의 인생에 관심이 없다. 50대 중년 남자, 직장인, 정상 가정, 정규직인 것이다. 아직은 약자가 아니다. 더 기다려라.

그러나 나는 진짜는 약자가 돼도 계속 시골에서 책이나 읽고 글이나 쓰고 싶다. 약자 그룹에 끼여 이제 약자이니 먹을 것을 더 달라고 외치고 싶지 않다. 인간 사이에 뒤얽혀 내 몫을 더 달라고 악다구니를 하는 게 죽기보다 싫다. 주인에게 먹을 것을 더 달라고 멍멍 짖고 싶

지 않다. 꼭 개 같아서 싫다. 나는 안 그런데, 남이 보기
엔 생떼를 쓰는 것처럼 보인다. 그러는 게 내게 맞지 않
기 때문에 그게 더 큰 이유다. 그리고 싶지도 않고 나는
다른 데 뜻이 있기 때문이다. 책과만 씨름하는 거다. 책
만이 아직 썩지 않았다. 내가 아니어도 충분히 많은 수
의 내 또래들이 더 달라고 짖어줄 것이다. 나는 베이비
부머.

  아, 나도 그들의 심정을 알 수 있으니 내 심정을 쓰면
(그들이 공감을 많이 하고 그 수가 많고, 이제 약자이기 때문에) 그
때는 책이 좀 팔리려나. 세상의 흐름과 운도 중요하다,
그 전에 내 할 일을 갈고 닦아야 한다. 그게 내 필생의
무기다. 나는 이런 식으로 약자라고 외칠 것이다. 내가
쓰는 글을 통해. 내 방식대로. 나에게 맞는 방법으로.
그러면 생떼를 쓰는 것처럼 보이지는 않을 것이다. 꼭
자본의 희생양처럼 보여 싫다.

나 주인 맞아?

회사에서 일할 때, 자기가 해 놓은 것엔 더 애착이 간다. 예를 들어 승강장에 승객들이 볼 수 있도록 주의 안내문을 자신이 아이디어, 디자인, 비용, 제작, 부착까지 했다면 다른 사람이 해 놓은 것보단 자기가 해 놓은 안내문에 더 애착이 가게 된다. 이유는, 손수 했기 때문이다.

그것이 훼손되면 곧바로 새것으로 교체하는 등, 하여간 유지관리도 스스로 잘한다. 퇴직하거나 다른 역으로 발령이 나고도 그곳을 지날 땐, 다시 한 번 어떻게 되었나 둘러보게 된다. 잘 유지되고 있는 것을 보고 "전에 내가 한 것인데." 하며 흐뭇한 미소를 날리며 그곳을 떠날 것이다.

그리고 어떤 업무를 주도해서 떠맡았을 때 그것이 지금 어떤 상황에 놓여 있는지 확인에 들어갈 것이다. 다른 사람이 한 것이면 그냥 약간의 협조만 하지 전체 되어가는 상황을 큰 관심을 갖고 예의주시하진 않을 것이다. 자신이 한 일이 아니기 때문이다.

인간은 이처럼 뭐든 남이 시켜서 하는 것보단 가능하

면 자신이 주도적으로 자기 손으로 직접 하려 한다. 같은 일이라도 자기 손을 거친 것엔 더 큰 의미를 둔다. 거기에 자기 생각이 들어갔고, 자기 손때가 묻었고, 자기 스토리가 들어갔다고 생각하기 때문이다. 인간에게, 이런 자기 것의 반영이 거기에 대한 주인으로 만든다.

어떤 일을 할 때, 별로 도움도 안 되고 오히려 방해만 될 것 같아도 다른 사람의 생각을 반영하고 협조를 받은 업무는 일이 더 잘 진행되고 유지관리도 더 잘 되는 것을 알 수 있다. 물론 소통도 잘 된다. 근데 결과가 이렇게 되었으니 그 업무는 타인의 도움이 불필요한 게 아니고 실은 필요했던 것이다. 같이 해야 하는 업무는 가능하면 조금이라도 나만 아닌 남의 생각도 반영하는 것이 좋다.

만약 혼자만 번지르르하게 남의 부러움을 살 정도로 너무 잘해놓으면 유지관리가 잘되지 않음을 곧 깨닫게 된다. "흥, 그렇게 잘나셨어?" 하며 거들떠보지도 않을 뿐더러 오히려 그것에 어떤 심술 같은 게 곧 반영될지도 모른다. 인간은 그렇게 속까지 착하지 않다. 그건 성인만이 가능하다.

자본주의 사회에 살면서 콕 집어 말할 순 없지만 뭔가 조종당하고 있다는 느낌이 들 때가 많다. 그 느낌 때문에 뭔가 기분이 좋지 않은데 그 실체가 오리무중이다. 피해자는 있는데 가해자가 명확하지 않은 느낌.

백화점에 들어서면 출구(출구 표시도 소방법이 아니면 없앨지도 모른다, 그게 안전보단 매출에 도움이 되니까) 방향이나 에스컬레이터(입구에 바로 에스컬레이터가 있는 경우는 잘 없다. 꼭 돌아가서 타게 되어 있다. 엘리베이터도 잘 보이지 않는 구석에 있다) 위치, 화장실 찾기가 쉽지 않은 걸 알 수 있다. 이렇게 헤매게 만들어놓고 이참에 쇼핑도 하고 물건을 구입하라는 보이지 않는 압력 같기도 하고, 우리가 거기에 말려 들어가는 노예 같은 기분이 들기도 한다. 그리고 백화점을 잘 보면 창문이 없다. 이건 딴전 피우지 말고 멍에 씌운 경주마처럼 자신들이 펼쳐 놓은 상품들에만 네 시선을 고정하라는 인간 심리를 이용한 마케팅 전략이다.

우린 이것을 의식하는지 못하는지 그런 것엔 군말 없이 따르고 오히려 주변 사람들에게 뒤처지지나 않을까 더 경쟁적으로 그들의 매출에 협조한다. 분명 우리가 자기 주도가 아닌 수동으로 움직이는 것인데도, 확 드러나게 시킴을 당하는 것이 아니기 때문에 모른 척하고 넘어간다. 노예라는 느낌이 들지 않도록 교묘하게 얽어매는 것이 그들의 수법이다. 우리를 주인이 아닌 종으로 부리는데도 속수무책이다. 우리는 그런 것에 펫처럼 길들여지고 있다. 나중엔 나를 다뤘던 주인이 사라지면 일상생활을 거의 못하게 될지도 모른다. 유기견이 되는 것이다.

이렇게, 어리석게 만드는 작업이 점점 순조로워지면 미얀마처럼 사회 전반에 걸쳐 군 쿠데타의 토양이 무르익게 되고 사회 질서와 안정을 위한다는 명목으로 자신들이 부렸던 노예니까 마음대로 학살해도 된다고 생각한다. 그들에게 그럴 마음이 생기게 빌미를 주는 것은 우리가 노예로 사느냐 주인으로 사느냐에 달렸다.

뭐든 자기 주도로 하는 것을 좋아하고, 남에 의해 조종당하는 걸 싫어하면서도 왜 이런 것엔 저항하지 않나? 헛똑똑이다. 실은 이런 것에 강하게 저항해야 그들이 나를 개돼지 취급하지 않고 자기들처럼 주인(겉으로만이 아니라)으로 깍듯이 모신다. 그들의 전략에 너무나 쉽게 끌려가니까 꼭 종처럼 구니까 당연히 그들이 우리를 종으로 부리는 것이다. '내 인생, 내가 주인이다.'라는 의식이 일상에 있으면 그러지 못한다.

인간은 본래 자기 주도적이다.

모처럼 마음을 다잡고 청소를 하려는데, 엄마가 들어와, "또 게임이냐? 청소 좀 하지?"

그 순간 청소할 마음이 싹 사라지고, 짜증이 밀려온

다. '내 하려는 존엄한 의지를 꺾었어, 안 해!' 곧 이어질 엄마의 구박에도 불구하고 주인이고자 하는 의지를 관철한다.

인간은 노예처럼 조종당하는 것을 싫어하고 주도적으로 하고자 하는 게 있어, 그것에서 선수를 빼앗겼다는 생각이 드는 순간 의지도 확 꺾인다. 분명 인간인데, 꼭 자기가 생각이 없는 것 같은 기분이 들기 때문이다. 무뇌아에 대한 거부반응이다. 내면에서 우러나와야 그것에 의미가 붙고 더 애착이 가고 가치 있는 것으로 생각한다.

보이지 않는 빅 브라더에 조종당하지 않는 것처럼 분명 조종당해왔기에 의식 저 밑바닥까지 좀비가 되었을 것이다. 그땐 이미 늦다.

그러니, 위에서처럼 겉으로 보이는 것에만 엄마에게 가열 차게 저항할 게 아니라 잘 보이지 않지만 나중엔 아예 그것에 꼼짝없이 당하는 거대 시스템에 냉철한 눈을 갖고 저항해야 제대로 된 주인 대접을 받는다. 늦으면 손쓸 수가 없다. 스스로 노예이고자 한다. 그들은 우리 성장에 관심이 없다. 오히려 방해한다. 다루기 편하기 때문에 생각 없는 좀비로 계속 남길 바란다. 아마 시스템을 운용하는 자들은 그들이 조금 던져준 것을 우리끼리 서로 먹겠다고 싸우는 꼴을 내려다보며 낄낄거릴 것이다.

"그래, 알았다, 알았어."

"옜다, 좀 더 떼어줄게."

인생을 통으로 봐 보자

인간은 어리석다. 어떤 면에서? 지금만을 기준으로 보기 때문이다. 지금 중요한 것이 좀 지나면 안 중요할 수도 있다는 걸 깨닫지 못한다. 지금과 일상과 현실에만 묻혀 산다. 나무만 보고 숲을 보지 못한다. 장님 코끼리 만지기다.

젊을 때는 친구들과 어울려 지내는 것이 아주 중요해 그들 사이에서 유행하는 것을 따라가지 못하면 금방 인생이 끝날 것처럼 군다. 그들에게 지금 그게 아주 중요하다. 그러나 좀 지나면 그렇게까지 마음 쓸 일인가 싶어 제정신으로 돌아온다. 자신을 객관화하고 더 냉정해지는 것이다. 여자라면 젊을 때는 명품 백에 목숨을 걸다시피 한다. 그러나 좀 지나면 그것에 대해 시들해진다. 뭐, 그것도 인생을 살면서 하나의 묘미 아니냐고 하면 할 말은 없다. 아이 낳기 전과 아이 낳은 엄마는 그 인생이 그 전과 후로 분명히 나뉜다고 한다. 나는 남자이니까 그 차이가 구체적으로 뭔지는 모르겠지만. 인생의 시기에 따라 관심도도 변한다. 처음부터 끝까지 변하지 않는 유행은 없다. 유행은 곧 다른 것으로 대체된다. 영원히 내 인생에서 중요한 것은 없다는 말이다.

물론 나이 들어감에 따라 나 스스로 깨달아서 그런 것도 있지만 주변 내 지인들이 그것에 더 이상 전보다 관심을 갖지 않아 그렇게 같이 변한다. 스스로 주체적으로 변하는 게 아니라 주변이 변하니까 따라하는 것뿐이다. 사회적 동물인 인간이니까 할 수 없는 일인가. 세월과 나이에 따른 유행의 흐름도 바뀐다. 이젠 그 나이에 따라 또 다른 것에 관심을 빼앗긴다. 인간은 나이에 따라 하는 게 정해져 있고 같은 나이대는 하는 일도 비슷하다. 관심사도 비슷하다. 또 그렇게 살아야 한다고 말한다, 나이에 맞게.

노인들이 몰려다니며 하는 소리를 들으면 전부 건강에 대한 이야기뿐이다. 젊은이들이 들으면 이해가 얼른 안 가고 한심하다는 생각까지 든다. 할 얘기가 그거 밖에 없나, 하고. 한데, 젊은이는 대신 다이어트나 주식, 여행, 맛집에 대한 것에만 관심이 있다. 그러나 그것도 곧 변할지 모르고 푹 빠진다, 마치 영원할 것처럼. 그냥 그것에 휩싸일 뿐이다. 거기에만 들어있지 말고 가끔은 거기서 나와, 떨어져서, 나와 세상을 관조하는 것도 필요하다. 아, 그렇게 되면 또 너무 애늙은인가.

그러지 말고 통으로 인생을 볼 수는 없을까, 그렇게

살면 더 현명해질 것도 같은데.

그러려면 문학작품을 많이 읽는 게 도움이 될 것도 같다. 거기에 한 인간의 삶을 통(通)으로 기술한 게 많이 나오기 때문이다. 어릴 때, 젊을 때, 성인이 되어, 늙어서, 죽을 때가 모두 나오고, 그런 죽음을 맞이하는 가족이나 친구들의 반응까지 나온다. 그때그때 변하는 당사자의 마음도. 한 인간의 생을 전체로 놓고 보면 한때의 폭풍우처럼 이는 중요함에 그렇게까지 빠질 필요는 없을 것 같기도 하다. 거기서 떨어져 나와, 내 것이 아닌 양 지긋이 응시할 수 있을 것 같다. 그러면 삶의 안배와 균형을 맞출 수 있지 않을까. 한 인생을, 가로만이 아닌 삶 전체를 세로로 보는 관점.

이게 몸에 배면 인생을 전체로 놓고 보는 힘이 길러진다. 인생에서 과연 중요한 게 뭔가, 내가 지금 이러고 있는 게 내 인생 전체로 봤을 때 그렇게까지 중요한가, 내가 지금 이렇게 심각한데 이게 바뀌지 않고 지속될 수 있을까, 나보다 딱 십 년 더 산 사람의 생각. 내가 가진 것에서 안 바뀌고 그것을, 내가 사는 동안 끝까지 어쩔 수 없이 지니고 가야 하나, 그것을 그냥 보낼 것인가, 아니면 그것을 지닌 채 할 수 있는 것은, 그것을 꾸준히 하면 나는 행복할까, 그것으로 내가 뭘 할 수 있을까 등.

인간은 지금의 의지가 오래가지 못한다는 것을 잘 모른다. 의지를 지키는 것보다 습관을 들이고 무의식이나 타고난 것을 알고 그것으로 무엇을 할지 정해야 한다. 모든 걸 지금의 느낌이나 기준으로 생각하지만, 그때 가보면 몸의 변화로 인해 마음도 변하는데 그때의 느낌이나 의지가 전의 것에서 많이 훼손되어 있다는 것을 알게 될 것이다. 자기 인생에 남의 인생을 빌려와 시뮬레이션해보는 거다. 그리고 자기에게 가장 적합한 삶을 선택해 거기에 몰입해 보는 거다.

내가 지금 작가 지망생이고 별로 재능이 없다면 나와 비슷한 선배 작가들의 삶을 살펴보는 것이다. 아마 나도 그들과 비슷할 것이다. 내가 그들과 비슷해서 도저히 그들의 삶에서 벗어날 수 없는 것은 무엇이고, 그걸 그대로 받아들일 것인가, 아니면 나에게 맞게 나만의 새로운 삶을 창출할 것인가. 그러려면 지금 내가 어떻게 해야 하고 그것이 가능한 방법은 또 무엇인가 등.

젊으면, 지금이 지속되고 그 상태가 대개는 그대로 유지되는 줄 안다. 젊음이 영원할 거라 생각한다. 지금을 기준으로 내 인생 전체를 보는 어리석음을 범한다. 그러나 그 상태의 유지는 그때 가봐야 안다. 대개는 그때의 느낌과 생각이 유지되지 않는다. 반드시 변한다. 지금의 기준이 전의 기준과 같지 않다. 나와 내 주변 모든 게 변한다. 그때는 맞지만, 지금은 틀리다. 대개가 그렇게 된다. 고정되는 게 아니라 항상 반드시 변한다. 몸이나 마음이나 모두.

그러니 인생을 통으로 보고, 과연 그때까지 '변하지 않고 내가 끝까지 지니고 있을 것'을 찾아내는 게 급선무다. "그래 나는 이것으로 가자", 하는 거다. 먼저 나를 제대로 아는 것, 내가 가진 게 무엇인지 찾아내는 것, 이것은 중요하고도 시급하다.

목표의 방향

자기는 태어나고 싶어 태어난 것이 아니고, 그냥 태어났으니 사는 것도 그냥 사는 것이라고 하지만, 당장 인간으로 태어난 이상 목표(目標)가 없다는 건 말이 되지 않는다. 그게 인간의 존재 이유이고, 그것을 빼면 인간이라 할 수 있을까. 인간에게 목표가 없으면 동물과 구별하기 힘들어진다.

지금 말하는 순간, 그 말엔 그 사람의 어떤 바람이 묻어 있게 된다. 뭔가 그 깊숙한 곳이나 자신은 의식하지 못할 수도 있지만 모두가 다 목표가 인간에게 묻어 있다. 그렇지 않으면 사실 하루도 못산다. 목표 없는 것이 절감되면—절망하게 되면— 스스로 목숨을 끊을 수도 있다. 계속 살기 위해 작심삼일도 하는 것이다. 뭔가 자기에게 할 일이 남아 있어야 계속 살 수 있다. 절망하고 있는 사람에게 "네가 꼭 있어야 하고, 네가 꼭 그걸 해줘야만 해."라고 말하면 그의 눈에 생기가 돌 것이다.

그럼 이왕 목표를 정하는 거 어떤 식으로 정할까?

어떻게 한 점을 따라갈 수 있을까?

어떤 목표가 있으면 그리고 그걸 이루는 게 그에게 중요하고 절실하면 현실에 연연하지 않고 너그러워지고 지금 눈앞에서 벌어지고 있는 게 중요하지 않다는 걸 알아 무서워서가 아니라 더러워서 피하게 된다. 연연하지 않는 것이다. 의연하고 초연한 것이다. 그게 목표와 강하게 연관되어 있다고 판단될 때만—지금 여기서 벌어지고 있는 일에— 관여한다. 그러나 대개는 그렇지 않다. 내 목표와는 별 상관없는 일이 대부분이라 그냥 지나치거나 무시해 버린다. 자기의 중요한 목표를 달성하기에도 벅차다. 나는 할 일이 있어 한눈 팔 시간이 없는 것이다.

사랑하는 사람과의 약속 시간에 맞추기 위해 접촉사고가 얼른 해결되길 바라지, 목을 감싸 쥐며 상대방을 향해 목소리를 키우진 않을 것이다. 할 일이 없고 뚜렷한 목표가 없는 인간만이 아프지도 않은 목을 감싸 쥐고 차에서 내린다. 그에겐 그 하찮은 것이 가장 중요하기 때문이다.

어떤 게 계기가 되어 자기가 지닌 목표가 보잘 것 없었다는 걸 알게 되면 그는 좌절하고 절망의 구렁텅이로 추락해 다시는 나오지 못할 수도 있다. 목표를 현실의 변화에 따라 변하는 걸 정했기 때문이다.

하여, 목표는 자기에게 잘 맞고 멈춤 없이 꾸준히 즐기며 하는 것과 함께 현실에 기반을 두지만 동시에 현실에 의해 별 것 아닌 것이 아니어야 한다. 지금의 흐름에 따라 바뀌어선 안 된다. 현실에 기반을 두되 현실을 뛰어넘는 것이어야 한다.

이러면 오직 한 점을 향해 유유히 자기 인생 끝날 때까지 거길 향해 갈 수 있다.

그게 나는 독서와 글쓰기이고, 그것으로 단 한 사람에게라도 움직임을 주는 그것을 나는 그 한빛으로 정했다. 이거라면 현실의 흐름에 좌우되지 않고 꿋꿋하게 끌고 갈 수 있다고 믿어, 나는 그 길을 '한 줄기 빛'으로 여겨 지금도 좇고 있는 중이다. 아마 목숨이 다할 때까지 변하는 일은 없을 것이다. 변하는 날, 나는 죽는다.

진보가 욕을 먹지만 그 가치가 너무 위대해 여기서 멈추어선 안 된다

나는 진보(進步)라서 인종차별을 안 한다고 하지만 자기 딸이 흑인하고 결혼한다고 데리고 오고, 자기 아들이 말도 안 통하는 동남아 여인을 데리고 오면 평소에 인종차별과 거리를 둔다고 하지만 그 말을 계속 준수할 수 있을까. 남들의 일엔 한 발짝 물러서서 진보적으로 말해도 막상 자기 일이 되면 똑같이 하기 힘들다. 말과 행동이 일치하지 않는다. 이럴 땐 지킬 수 있으면서도 저럴 땐 다른 핑계를 대고 살짝 빠진다.

한 드라마에서 누가 말했는데, 실은 겪어보지 않으면 모른다는 말을 했다. 전적으로 공감한다. 자기가 겪어보지 않았거나 자기 일이 아니면 모든 게 수박 겉핥기가 된다. 자기 입장에서 편견(偏見)이 끼어들고 상대를 이해하지 못한다. 그러니까 자기 외의 것은, 자기라는 안경을 쓰고 보게 되어 편견이 안 들어갈 수가 없다. 한국전쟁 세대와 민주화 세대, IMF 세대가 생각이 같을까. 서로에 대한 편견을 갖고 있고 서로 이해하지 못한다. 모르고 이해하지 못하는 게 맞다. 자기 일이 아니고 겪은

적이 없기 때문이다. 사람은 커오며 자기가 겪은 것을 극복하기가 너무나 힘들다. 가장 감수성이 예민한 시기에 받은 것을 평생 그대로 갖고 가는 경우가 많다.

진보는 말로는 이상을, 더 멋있는 스케일로 말하지만 실제 인간은 그 생활이란 게 별 차이가 없으니까 그 괴리가 더 커 욕을 먹는다. 그래도 나는 선(善)을 추구하고 그것을 이룰 거라고 말하는 게 낫다고 본다. 그들은 적어도 선을 이루지는 못해도 '그걸 향해 가고 있기' 때문이다. 결과와 과정의 문제인데 나는 결과가 70%이고 과정이 30%가 맞다고 생각한다. 나는 이상을 더 중요하다고 생각하는 것이다. 왜냐면 방향이 흐트러지지 않을 때 그나마 제자리를 잡고, 주저앉아 더는 앞으로 나아가지 못하는 일은 없기 때문이다. 달이 중요하지 그것을 가리키는 손가락이 중요하지 않다는 말이다.

인간은 자기가 한 말에 책임을 지려 한다. 특히 여러 사람 앞에서 공개적으로 한 말은 더욱더 그렇다. 그리고 인간에겐 인지부조화(認知不調和)를 견디지 못하는 본능이 있는 것 같다. 자기 생각과 현실을 일치시키려 한다. 혁명가는 자기 이념을 현실에 억지로 맞추려다가 심각한 문제를 야기하기도 한다. 진보가 선과 이상(理想)을 추구하고 말하며 다니고 그래 그것을 현실에 적용하려고 노력하기 위한 시행착오로 위선적으로 보일 수도 있다.

아예 처음부터 노골적으로 악(惡)을 내세우진 않지만 결국 악을 향해 가는 자들보단 결과적으론 낫다. 위악적인 자들이 10개의 악을 행하면, 위선적인 자들은 7개 정도의 악만 행한다고 할 수 있다. 결국 위선적인 자들이 3개나 악을 덜 행했다. 미국을 싫어하는 나라들도 많지만, 미국은 대놓고 자기들은 정의를 위해 싸운다고 한다. 그래서 미국(참고로 나는 미국을 싫어한다. 자본주의가 싫기 때문에 자본주의의 맹주인 미국도 싫은 것이다. 나는 매일 책에 감사의 절을 하는데, 책과 함께 지폐가 책상에 놓여 있으면 굳이 그걸 한쪽으로 치워놓고 책만 절을 한다. 돈엔 절을 하고 싶지 않아서다) 예외주의까지 등장했다. 결국 그렇지 않은 중국보단 자기가 한 말의 일관 때문이라도 악보다는 선을 행하려 할 것이기 때문이다.

나는 문재인 정부가 누가 뭐래도 선을 향해 가는 것에 대해선 무조건 찬성이다. 그건 너무 중요해서 어느 정도의 시행착오는 감수해야 한다고 본다. 문재인 정부가 한 것 중에 가장 잘한 것은 약자(弱者)를 함부로 대하지 못하게 하는, 그런 문화를 만들었다는 것을 꼽을 수 있다. 그래서 약자나 소수자의 목소리가 이제야 좀 들리기 시작한다. 사방에서 그들의 소리로 시끄럽다. 아주 좋은 현상이고, 천만다행이다. 강자와 권력자, 자산가의 소리만 들리는 사회는 앞날이 암담하다. 더 큰 헬조선이 와서, 나중엔 자폭할지도 모른다. 그 과정이 내로남불이지만 그래도 약자에게 함부로 말하지 못하게 하고, 그들을 끝까지 보듬는 모습을 보며 그것만으로도 잘하고 있다고 나는 아주 심하게 응원해 주고 싶다.

위선적인 것은 그래도 선을 향해 가려 노력이라도 한다. 결과적으로 선한 행동도 더 많이 할 것이다. 그러니 선한 사람들은 위축되지 말고 선을 향해, 이상을 향해 멈추지 말고 나아갔으면 한다. 물론 나도 그렇게 할 것이다. 나는 작가로서 영원히 약자 편이고, 소수자의 소리를 같이 외칠 것이다. 그들의 소리를 널리 퍼지게 할 것이다. 이들도 살만한 세상을 만들고 싶고, 이들도 같은 소중한 사람임을 끝까지 그들과 함께 주장할 것이다. 그래야 사람이 살만한 세상이 된다. 약자들의 소리가 커야 좋은 세상이다. 그들의 소리가 어느 날부터 들리지 않으면 그 사회는 뭔가 잘못되어 망가지고 있는 사회다. 지금의 중국이 그렇다.

나에게서라도 이만

'종로에서 뺨 맞고 한강에서 눈 흘긴다'는 말이 있다. 강한 자에게 맞은 분풀이를 '이에는 이, 눈에는 눈'으로 복수는 못하고, 치사하게 자기보다 못한 것에 폭력을 가하는 것이다.

우리는 직장에서 예의나 남에 대한 배려를 한다. 그러나 그곳에서 쌓인 스트레스를 만만한 가정의 식구들에게 푼다. 대개 인간 조직은 강한 것에 약하고 약한 것에 강하다.

그런데, 왜 직장에서 더 조심하지? 그들과는 가정보단 친하지 않고 그래서 긴장되고 자기에게 돌아올 것에 대한 두려움 때문이다. 대신 가정은 자기가 그래도 왕이니까 돌아올 보복이 없을 거라 믿기 때문이다(그러나 가족들도 당한 것에 대한 보복을 감행한다, 모르게).

강한 것에만 강하다는 사람도 집에 와선 그곳에서 풀지 못한 것을 집에 와서 푼다. 어쨌든 그 강함에 대항하기 위해 쌓인 게 많을 거 아닌가. 만만한 집에다 푸는 것이다.

직장에서 직급이 올라가면 그에 걸맞게 대우를 해준다. 직원들이 그래도 직장이니까 함부로 집에서처럼 하지 못한다. 그래서 상사는 그게 굳어져 누구에게나 대우받는 것을 당연히 여긴다. 그러나 전혀 이해관계가 없는 사람에게 다른 사람과 똑같이 취급받는 것을 어느 날 어느 곳에서 준비 없이 당하고는 충격을 받는다. 그게 원래는 맞는데, 그동안 대접받기만 해서 "감히 내가 누군데!"라는 말이 입 밖으로 튀어나오려는 것을—자기가 그런 인간에 도매급으로 취급되는 건 또 싫어서— 가까스로 모면한다.

지위가 올라갈수록 연임할수록 만인이 접근도 제대로 못하고 존경의 시선만 보낸다. 언제부턴가 점점 듣기 좋은 소리만 주변에서 울려 퍼지고 싫은 소리는 언제 들었는지 기억도 없다. 순전히 위계에 의해 어쩔 수 없이 그러는 것인데 자기가 잘나서 그런 거라고 심각한 과오를 범한다. 젊은 여직원도 다른 직원들처럼 하는 것인데도 혼자 오버해서 자기를 좋아하는 것으로 착각해 성인지 감수성을 망각해 버린다.

그러다가 집에 와서 더 하찮은 대접을 받기도 한다. 직장에서야 부사장이지만 집에선 계속 남편이고 아빠다. 그 자리가 변하지 않고 고정되어 있다. 젊으나 늙으나 그 역할이 계속 가장이다.

자업자득이다. 직장에서처럼 가족들에게도 예의를 갖추고 상대에 대한 배려를 하고-직장보다 마음이 풀어지는 건 어쩔 수 없지만- 마음을 다잡아 좀 더 가족들을 대우하고 존중해주었으면 그처럼 직장보다 하찮은 취급을 받지 않을 것이다.

일단 인간은 생각 없이 지금 편한 것을 더 선호한다. 생각 없이 사는 걸 좋아한다. 생각하는 게 귀찮은 것이다. 그래, 강한 것에 약하고 약한 것에 강하다. 강한 것에서 받은 상처를 자기보다 약한 것을 괴롭히며 해소한다. 이게 편하기 때문이다. 동물의 세계에서 강한 것에만 보호색 등으로 자기를 위장한다. 먹잇감엔 그렇게까지 신경 쓰지 않는다. 그건 자기를 위협하지 않기 때문이다. 인간의 유전자에도 그렇게 프로그램 되어 있다. 현생 인류의 유전자는 이기적이다. 그냥 두면 이 악순환은 계속된다.

지금의 초인(超人)은 누구인가? 이런 것을 끊어내는 사람이다. 강한 것에 굽실거리고 그들에게 당한 굴욕을 자기보다 더 약한 것에 앙갚음하지 않고(그냥 생각 없이 보이는 대로 살지 않고), 나부터 그만 그 고리를 끊어내는 사람이다. 이렇게 사는 게 쌓여야 나중 유전자에 이런 인간의 긍정적인 면이 차츰 전이되어 쌓여간다.

그럼, 강한 것들에게 당한 것을 나만 고스란히 뒤집어 쓰고 속으로만 끙끙 앓으란 말인가. 아니다. 일단은 이제 그만 강한 것들에게는 받지 않도록 준비하고 그래도 어쩔 수 없이 그들에게 받은 것을 자기만의 유니크한 방식을 고안해 풀라는 것이다.

내가 마름 역할을 한다. 지주가 시키는 것을 그대로 소작인에게 가한다. 신에게 일반 백성은 가 닿을 수 없다며 중간에서 일반 백성을 신의 이름으로 세속적 괴롭힘을 가하는 것과 같다. 때리는 시어미보다 말리는 시누이가 더 얄미운 것이다. 중간에 낀 세력이 위의 말을 듣고—아니면 알아서 기어— 밑에 있는 사람들을 괴롭힌다. 일반 백성은 위에 있는 존재보다 자기를 직접 괴롭히는 자들을 더 미워한다.

마름인 나는 이 부당하고 부조리한 구조를 알고 그 관계를 바로 나부터 끊어내야 한다. 그렇지 않으면 한나 아렌트가 말한 '예루살렘의 아이히만'이 되는 것이다. 지주—마름—소작인의 이 부조리한 구조를 살피고 그 구조를 나부터 끊어내야 한다. 중간인 내가 무너지니 그 구조는 결국 붕괴될 것이다. 부조리한 그 구조를 깨부숴야 한다. 그러려면 귀찮아도 생각하며 살아야 한다. 아이히만은 인간으로서 '생각 없이 산 죄'로 법의 심판을 받았다.

마름인 내가 맷돌이나 절구통이 되는 것이다. 지주-마름-소작인의 불합리한 구조에서 마름인 내가 거친 곡식인 지주를 갈거나 곱게 빻아 소작인에게 건네는 것이다. 이 부조리한 구조를 붕괴시킬 수 없으면 차라리 존재하며 지주의 사악함을 맷돌, 마름, 절구통인 내가 곱게 정화해 소작인에게 제공하는 그런 역이라도 맡아야 한다.

나는 수직구조가 체질적으로 싫다. 가능하면 그것을 평평하게 펴고 싶다.

중간자인 나는, 거의 아무렇지 않게 행동하는 것이다. 실제 그렇게 된다. 나는 책에 미쳐 강한 것에서 받은 것들을 책으로 푼다. 그래 약한 것에 앙갚음하지 않으려 노력한다. 내가 모르는 앙갚음이 없을 수는 없겠지만, 그래도 책에만 미쳐 지내니까 전보다는 식구들이 나를 덜 싫어하는 것을 보면 그 자연스러움이 많이 소멸된 것 같기는 하다.

이렇게 약한 것에 앙갚음하지 말고, 또 강한 것도 자기의 영향이 상대에게 별 볼일 없다(먹히지 않는다)는 것을 알게 되면 더 이상 자기보다 약한 것에 폭력을 가하지 않는다. 못된 갑질을 멈추지 않는 것은 그것의 영향이 지대함을 알면서부터다.

자기만의 방식으로 강한 것에도 나쁜 영향을 덜 받고

약한 것에도 나쁜 영향을 덜 주자. 나에게서만이라도 그만, 그 자연스러운 동물적 끈을 끊어버리자, 자기만의 방법을 고안해. 변화가 없을지도 모르지만 나 하나만이라도 우선.